U0644812

片玉詞

（北宋）周邦彦 著

廣陵書社
中國·揚州

圖書在版編目（CIP）數據

片玉詞 /（北宋）周邦彥著. -- 揚州 : 廣陵書社,
2018.1
（經典國學讀本）
ISBN 978-7-5554-0947-2

Ⅰ. ①片… Ⅱ. ①周… Ⅲ. ①宋詞－選集 Ⅳ.
①I222.844

中國版本圖書館CIP數據核字(2017)第326601號

書　　名　片玉詞
著　　者　（北宋）周邦彥
責任編輯　張　敏
出 版 人　曾學文
裝幀設計　鴻儒文軒・書心瞬意

出版發行　廣陵書社
　　　　　揚州市維揚路 349 號　　郵編：225009
　　　　　http://www.yzglpub.com　　E-mail:yzglss@163.com
印　　刷　三河市華東印刷有限公司

開　　本　880mm×1230mm　1/32
字　　數　50 千字
印　　張　7
版　　次　2018 年 3 月第 1 版
印　　次　2018 年 3 月第 1 次印刷
書　　號　ISBN 978-7-5554-0947-2
定　　價　35.00 元

編輯説明

自上世紀九十年代始，我社陸續編輯出版一套綫裝本中華傳統文化普及讀物，名爲《文華叢書》。編者孜孜矻矻，兀兀窮年，歷經二十載，聚爲上百種，集腋成裘，蔚爲可觀。叢書以内容經典、形式古雅、編校精審，深受讀者歡迎，不少品種已不斷重印，常銷常新。

國學經典，百讀不厭，其中藴含的生活情趣、生命哲理、人生智慧，以及家國情懷、歷史經驗、宇宙真諦，令人回味無窮，啓迪至深。爲了方便讀者閲讀國學原典，更廣泛地普及傳統文化，特于《文華叢書》基礎上，重加編輯，推出《經典國學讀本》叢書。

本叢書甄選國學之基本典籍，萃精華于一編。以内容言，所選均爲家

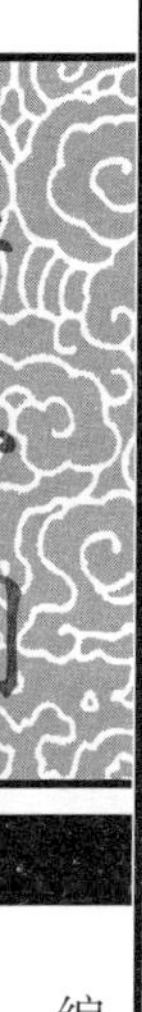

喻户曉的經典名著，涵蓋經史子集，包羅詩詞文賦、小品蒙書，琳琅滿目；以篇幅言，每種規模不大，或數種彙于一書，便于誦讀；以形式言，採用傳統版式，字大文簡，讀來令人賞心悦目；以編輯言，力求精擇良善版本，細加校勘，注重精讀原文，偶作簡明小注，或酌配古典版畫，體現編輯的匠心。

當下國學典籍的出版方興未艾，品質參差不齊。希望這套我社經年打造的品牌叢書，能爲讀者朋友閱讀經典提供真正的精善讀本。

廣陵書社編輯部

二〇一七年十二月

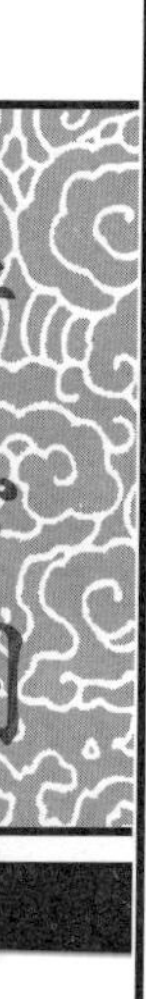

出版説明

周邦彦（一〇五六—一一二一），字美成，自號清真居士，錢塘人。《宋史·文苑傳》謂邦彦早年『疏雋少檢，不爲州里推重，而博涉百家之學』。宋神宗元豐二年（一〇七九），入都爲太學生。先後兩次獻《汴都賦》讚頌新法，爲神宗所賞識，歷任太學正教授、國子主簿、秘書省正字。徽宗時，遷校書郎、考功員外郎、衛尉宗正少卿，兼議禮局檢討，參與修撰《禮書》。政和年間以直龍圖閣知隆德軍府。幾經變遷，還京爲秘書監。七年，進徽猷閣待制，提舉大晟府。重和元年（一一一八），出知真定府，改順昌府。宣和年間提舉南京鴻慶宫，三年卒，年六十六。五月，追贈宣奉大夫。其傳記《東都事略·文藝傳》《咸淳臨安志·人物傳》具載。近人王國維有《清真先生遺事》、龍榆生有《清真先生年譜》、陳思有《清真居士年譜》，對其生平考證甚詳細。

邦彦性好音律，知音識曲，家有顧曲堂，多創新調，調協律切。且詩詞兼擅，善於融化唐人詩句，隱括入律，典麗精工，法度縝密，負有宋一代詞名。南宋姜夔、吳文英諸家，每效其體例，後人亦多尊爲詞家正宗，以爲詞家之有周邦彦，猶如詩家之有杜甫。其著作有《清真先生文集》《清真居士集》《周美成文集》《清真雜著》《清真集》《美成長短句》等，今皆不傳。南宋紹興年間，對其詞集傳刻較多，有《片玉詞》二卷補遺一卷。明代毛晉汲古閣就其家藏《清真集》《美成長短句》參校，刪去評注，留下詞共計百餘闋，刊刻於世，而坊間多傳。王國維《清真先生遺事》有著述考，今人吳則虞有校點本《清真集》，附錄其著作版本源流考。

今仍以《片玉詞》爲名，正文十卷，以朱孝臧《彊村叢書》所收《片玉集》爲底本，並參考吳則虞先生點校本、四庫全書所收汲古閣本，因四庫本補遺部分十首多疑爲他人所作，不再收錄，而另參近人成果，增成新的補遺。在此基礎上略加小注，並配上插圖。末尾附錄歷代清真詞之序跋及集評，以求將其詞、其人生平完整明瞭地呈現給讀者。凡此種種工作，難免有錯誤疏漏之處，懇請方家指正。

廣陵書社編輯部

二〇一七年十二月

目録

卷之一　春景

卷之二　春景

卷之三　春景

卷之四 夏景

卷之五　秋景

卷之六　秋景

卷之七　單題

卷之八　單題

補遺

卷之一　春景

瑞龍吟（大石）

章臺路。還見褪粉梅梢，試花桃樹。愔愔坊陌人家，定巢燕子，歸來舊處。

黯凝竚。因念個人痴小，乍窺門户。侵晨淺約宫黄，障風映袖，盈盈笑語。

前度劉郎重到，訪鄰尋里，同時歌舞。惟有舊家秋娘，聲價如故。吟箋賦筆，猶記燕臺句。知誰伴、名園露飲，東城閑步。事與孤鴻去。探春盡是，傷離意緒。官柳低金縷。歸騎晚、纖纖池塘飛雨。斷腸院落，一簾風絮。

瑣窗寒（越調）

暗柳啼鴉，單衣竚立，小簾朱户。桐花半畝，静鎖一庭愁雨。洒空階、夜闌未休，故人翦燭西窗語。似楚江暝宿，風燈零亂，少年羈旅。

遲暮。嬉游處。正店舍無烟，禁城百五。旗亭喚酒，付與高陽儔侶。想東園、桃李自春，小脣秀靨今在否。到歸時、定有殘英，待客携尊俎。

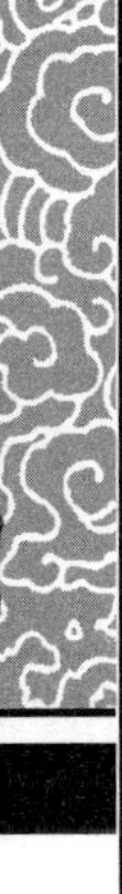

風流子（大石）

新緑小池塘。風簾動、碎影舞斜陽。羡金屋去來，舊時巢燕，土花繚繞，前度莓墻。綉閣鳳幃深幾許，聽得理絲簧。欲説又休，慮乖芳信，未歌先咽，愁近清觴。

遥知新妝了，開朱户，應自待月西廂。最苦夢魂，今宵不到伊行。問甚時説與，佳音密耗，寄將秦鏡，偷换韓香。天便教人，霎時厮見何妨。

【詞評】

張伯駒《叢碧詞話》：清真《風流子》『新緑小池塘』詞，神貌俱似屯田。清真與屯田不惟詞同，而人亦爲一流，皆多於情者。

渡江雲（小石）

晴嵐低楚甸，暖回雁翼，陣勢起平沙。驟驚春在眼，借問何時，委曲到山家。塗香暈色，盛粉飾、争作妍華。千萬絲、陌頭楊柳，漸漸可藏鴉。

堪嗟。清江東注，畫舸西流，指長安日下。愁宴闌、風翻旗尾，潮濺烏紗。今宵正對初弦月，傍水驛、深艤蒹葭。沈恨處，時時自剔燈花。

【詞評】

陳廷焯《雲韶集》：寫秋去春來，意亦猶人，而筆法自別。雅韻欲流，視《花間》、秦、柳如皂隸矣。筆力勁絶，是美成獨步處，所謂『清真』。結句情真語切。

應天長（商調）

條風布暖，霏霧弄晴，池塘遍滿春色。正是夜堂無月，沈沈暗寒食。梁間燕，前社客。似笑我、閉門愁寂。亂花過，隔院芸香，滿地狼藉。長記那回時，邂逅相逢，郊外駐油壁。又見漢宮傳燭，飛烟五侯宅。青青草，迷路陌。强載酒、細尋前迹。市橋遠，柳下人家，猶自相識。

【詞評】

俞陛雲《宋詞選釋》：寫寒食寂寥情況，以『梁間燕』『隔院香』襯托出之，不使一平筆。下闋，强尋前迹，而紫陌人遥，雖門巷依依，不異蓬山遠隔。辭意之清永，如嚼水精鹽，無塵羹俗味也。

荔枝香（歇指）

照水殘紅零亂，風喚去。盡日惻惻輕寒，簾底吹香霧。黄昏客枕無憀，細響當窗雨。看兩兩相依燕新乳。　樓下水，漸緑遍、行舟浦。暮往朝來，心逐片帆輕舉。何日迎門，小檻朱籠報鸚鵡。共翦西窗蜜炬。

荔枝香（歇指　第二）

夜來寒侵酒席，露微泫。舄履初會，香澤方薰。無端暗雨催人，但怪燈偏簾捲。回顧，始覺驚鴻去雲遠。　大都世間，最苦惟聚散。到得春殘，看即是、開離宴。細思別後，柳眼花鬚更誰翦。此懷何處消遣。

【詞評】

陳鋭《袌碧齋詞話》：柳詞云：『算人生、悲莫悲於輕別。』又云：『置之懷袖時時看。』此從古樂府出。美成詞云：『大都世間，最苦惟聚散。』乃得此意。

還京樂（大石）

禁烟近，觸處、浮香秀色相料理。正泥花時候，奈何客裏，光陰虛費。望箭波無際。迎風漾日黄雲委。任去遠，中有萬點，相思清淚。到長淮底。過當時樓下，殷勤爲説，春來羈旅況味。堪嗟誤約乖期，向天涯、自看桃李。想而今、應恨墨盈箋，愁妝照水。怎得青鸞翼，飛歸教見憔悴。

【詞評】

俞陛雲《宋詞選釋》：此調上、下闋，自『箭波』句至結筆，一氣貫注，言萬點淚痕，逐波流至長淮盡處，更過當時樓下，想樓中人之念我，筆力如精銅如鈎，曲而且勁。言情處，則遥想妝樓中恨墨愁箋，相思無極，安知獨客傷離，亦爲憔悴，倘歸飛有翼，方知兩心相憶同深也。

掃花游（雙調）

曉陰翳日，正霧靄烟横，遠迷平楚。暗黄萬縷。聽鳴禽按曲，小腰欲舞。細繞回堤，駐馬河橋避雨。信流去，想一葉怨題，今在何處。春事能幾許。任占地持杯，掃花尋路。泪珠濺俎。嘆將愁度日，病傷幽素。恨入金徽，見説文君更苦。黯凝竚。掩重關、遍城鐘鼓。

卷之二　春景

解連環（商調）

怨懷無托。嗟情人斷絶，信音遼邈。信妙手、能解連環，似風散雨收，霧輕雲薄。燕子樓空，暗塵鎖、一床弦索。想移根換葉。盡是舊時，手種紅藥。

汀洲漸生杜若。料舟依岸曲，人在天角。謾記得、當日音書，把閑語閑言，待總燒卻。水驛春回，望寄我、江南梅萼。拚今生、對花對酒，爲伊泪落。

【詞評】

喬大壯批《片玉集》：此大詞，難在開闔。

玲瓏四犯（大石）

穠李夭桃，是舊日潘郎，親試春艷。自別河陽，長負露房烟臉。憔悴鬢點吳霜，細念想夢魂飛亂。嘆畫欄玉砌都換。纔始有緣重見。夜深偷展香羅薦。暗窗前、醉眠葱蒨。浮花浪蕊都相識，誰更曾擡眼。休問舊色舊香，但認取、芳心一點。又片時一陣，風雨惡，吹分散。

【詞評】

俞陛雲《宋詞選釋》：此調精湛處，在『舊色』『芳心』二句。已色衰香退，而芳心一點，歷久不渝，句意并美，宜爲後人傳誦。通首皆本此意。

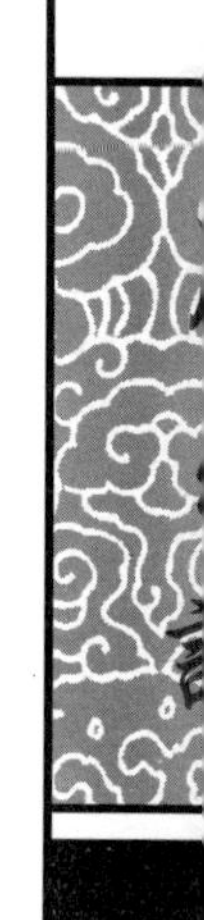

丹鳳吟（越調）

迤邐春光無賴，翠藻翻池，黄蜂游閣。朝來風暴，飛絮亂投簾幕。生憎暮景，倚墻臨岸，杏靨夭邪，榆錢輕薄。晝永惟思傍枕，睡起無憀，殘照猶在庭角。

況是別離氣味，坐來但覺心緒惡。痛引澆愁酒，奈愁濃如酒，無計消鑠。那堪昏暝，簌簌半檐花落。弄粉調朱柔素手，問何時重握。此時此意，長怕人道著。

滿江紅（仙呂）

晝日移陰，攬衣起、春帷睡足。臨寶鑒、緑雲撩亂，未忺妝束。蝶粉蜂黄都褪了，枕痕一綫紅生肉。背畫欄、脉脉悄無言，尋棋局。重會面，猶未卜。無限事，縈心曲。想秦箏依舊，尚鳴金屋。芳草連天迷遠望，寶香薰被成孤宿。最苦是、蝴蝶滿園飛，無人撲。

【詞評】

王世貞《弇州山人詞評》：美成能作景語，不能作情語；能入麗字，不能入雅字；以故價微劣於柳。然至『枕痕一綫紅生肉』『唤起兩眸清炯炯，泪花落枕紅棉冷』，其形容睡起之妙，真能動人。

瑞鶴仙（高平）

悄郊原帶郭。行路永、客去車塵漠漠。斜陽映山落。斂餘紅、猶戀孤城欄角。凌波步弱。過短亭、何用素約。有流鶯勸我，重解綉鞍，緩引春酌。

不記歸時早暮，上馬誰扶，醒眠朱閣。驚飆動幕。扶殘醉，繞紅藥。嘆西園、已是花深無地，東風何事又惡。任流光過卻。猶喜洞天自樂。

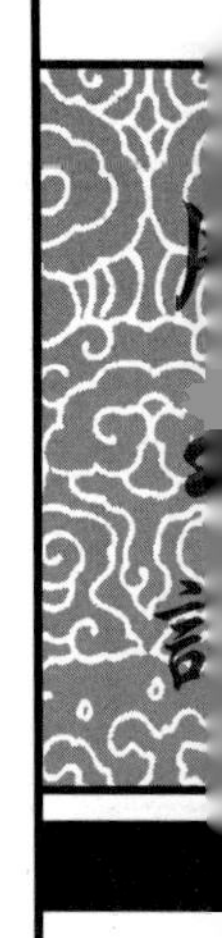

西平樂（小石）

元豐初，予以布衣西上，過天長道中。後四十餘年，辛丑正月，避賊復游故地，感嘆歲月，偶成此詞。

稚柳蘇晴，故溪歇雨，川迥未覺春賒。駝褐寒侵，正憐初日，輕陰抵死須遮。嘆事逐孤鴻盡去，身與塘蒲共晚，争知向此，征途迢遞，竚立塵沙。追念朱顔翠髮，曾到處、故地使人嗟。　道連三楚，天低四野，喬木依前，臨路欹斜。重慕想、東陵晦迹，彭澤歸來，左右琴書自樂，松菊相依，何況風流鬢未華。多謝故人，親馳鄭驛，時倒融尊，勸此淹留，共過芳時，翻令倦客思家。

注：詞序，原本無。據《四庫全書》一四八七册《片玉詞》補。

浪濤沙（商調）

晝陰重、霜凋岸草，霧隱城堞。南陌脂車待發。東門帳飲乍闋。正拂面垂楊堪纜結。掩紅泪、玉手親折。念漢浦離鴻去何許，經時信音絶。情切。望中地遠天闊。向露冷風清，無人處、耿耿寒漏咽。嗟萬事難忘，惟是輕别。翠尊未竭。憑斷雲留取、西樓殘月。羅帶光消紋衾疊。連環解、舊香頓歇。怨歌永、瓊壺敲盡缺。恨春去、不與人期，弄夜色，空餘滿地梨花雪。

【詞評】

萬樹《詞律》卷一：精綻悠揚，真千秋絶調。其用去聲字，尤不可及。又按此詞各刻俱作兩段，而《詞綜》於『西樓殘月』分段，作三疊，必有所據。

憶舊游（越調）

記愁橫淺黛，泪洗紅鉛，門掩秋宵。墜葉驚離思，聽寒螿夜泣，亂雨瀟瀟。鳳釵半脱雲鬢，窗影燭光摇。漸暗竹敲凉，疏螢照晚，兩地魂消。迢迢。問音信，道徑底花陰，時認鳴鑣。也擬臨朱户，嘆因郎憔悴，羞見郎招。舊巢更有新燕，楊柳拂河橋。但滿目京塵，東風竟日吹露桃。

【詞評】

沈際飛《草堂詩餘正集》：一起下個『記』字，後來下個『更』字。『新燕』『東風』是題旨，有以『門掩秋宵』，明説是秋，『寒螿』『疏螢』，秋宵物類，而疑錯簡，則虚字何往。散活尖酸，過崔氏語。

卷之三　春景

驀山溪（大石）

湖平春水，菱荇縈船尾。空翠入衣襟，拊輕根、游魚驚避。晚來潮上，迤邐没沙痕，山四倚。雲漸起。鳥度屏風裏。

周郎逸興，黄帽侵雲水。落日媚滄洲，泛一棹、夷猶未已。玉簫金管，不共美人游，因個甚，烟霧底。獨愛蓴羹美。

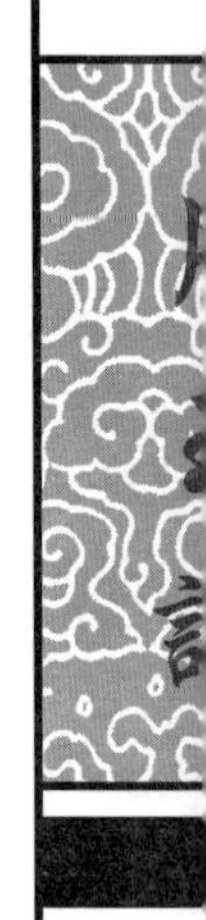

少年游（黄鍾）

南都石黛掃晴山。衣薄耐朝寒。一夕東風，海棠花謝，樓上捲簾看。而今麗日明如洗，南陌暖雕鞍。舊賞園林，喜無風雨，春鳥報平安。

【詞評】

龍榆生《清真詞叙論》：看似清麗，而弦外多凄抑之思。喬大壯批《片玉集》：境界不易。又：二聲詞，只談境界。又：起好，婉約。又：過變用『而今』二字明明點境界，謂上半闋乃前時事。結平穩。

少年游（黄鍾　第二）

朝雲漠漠散輕絲。樓閣澹春姿。柳泣花啼，九街泥重，門外燕飛遲。而今麗日明金屋，春色在桃枝。不似當時，小橋衝雨，幽恨兩人知。

【詞評】

俞陛雲《宋詞選釋》：此在荆州聽雨懷舊之作。『不似當時』句，淡語也，而得力全在此句，使通篇筋骨俱動。

秋蕊香（雙調）

乳鴨池塘水暖。風緊柳花迎面。午妝粉指印窗眼。曲裏長眉翠淺。問知社日停針綫。探新燕。寶釵落枕春夢遠。簾影參差滿院。

【詞評】

陳洵《抄本海綃説詞》：春閨無事，妝罷惟有睡耳。作想像之詞最佳，不必有本事也。『夢春遠』，妙；此時風景皆消歸夢中，正不止一簾内外。

俞陛雲《宋詞選釋》：次句確是春暮絮飛風景。『寶釵』二句，能狀春閨晝静之神。近人唐樹義詩『行近小窗知睡穩，湘簾如水不聞聲』，方斯詞境。

漁家傲（般涉）

灰暖香融消永晝。蒲萄架上春藤秀。曲角欄干群雀鬥。清明後。風梳萬縷亭前柳。

日照釵梁光欲溜。循階竹粉霑衣袖。拂拂面紅如著酒。沈吟久。昨宵正是來時候。

漁家傲（般涉　第二）

幾日輕陰寒惻惻。東風急處花成積。醉踏陽春懷故國。歸未得。黄鸝久住如相識。　賴有蛾眉能暖客。長歌屢勸金杯側。歌罷月痕來照席。貪歡適。簾前重露成涓滴。

【詞評】

卓人月《古今詞統》卷九：美成久住之『鸝』，同叔歸里之『燕』，一樣因緣。『暖』字應『勸』字，妙。

南鄉子（商調）

晨色動妝樓。短燭熒熒悄未收。自在開簾風不定，颼颼。池面冰澌趁水流。早起怯梳頭。欲挽雲鬟又卻休。不會沈吟思底事，凝眸。兩點春山滿鏡愁。

【詞評】

吴世昌《詞林新話》：此首純是客觀素描。上片二句曰『短燭』，曰『未收』，追寫夜間景象。下片三句曰『不會』，猶云『未稔』，不知，蓋宋人習語，『不理會』之省。

望江南（大石）

游妓散，獨自繞回堤。芳草懷烟迷水曲，密雲銜雨暗城西。九陌未霑泥。

桃李下，春晚未成蹊。墻外見花尋路轉，柳陰行馬過鶯啼。無處不凄凄。

【詞評】

俞平伯《清真詞釋》：譚評《詞辨》，於歐陽修《采桑子》首句『群芳過後西湖好』，旁批曰：『掃處即生。』正可移用。猛下『游妓散』三字，便覺繁華過眼而空。有以簡爲貴者，蓋唯簡則明，積明斯厚，故貴簡也。

浣溪沙（黄鍾）

争挽桐花兩鬢垂。小妝弄影照清池。出簾踏襪趁蜂兒。

跳脱添金雙腕重，琵琶撥盡四弦悲。夜寒誰肯翦春衣。

浣溪沙（黄鍾 第二）

雨過殘紅濕未飛。珠簾一行透斜暉。游蜂釀蜜竊香歸。　金屋無人風竹亂，衣篝盡日水沈微。一春須有憶人時。

【詞評】

俞陛雲《宋詞選釋》：上闋，寫雨後春光明媚，風景宛然。下闋，風篁成韻，香靄初殘，凡静境撩人，最易幽懷棖觸，有『風竹』二句蓄勢，則晝静懷人之意，自注筆端矣。

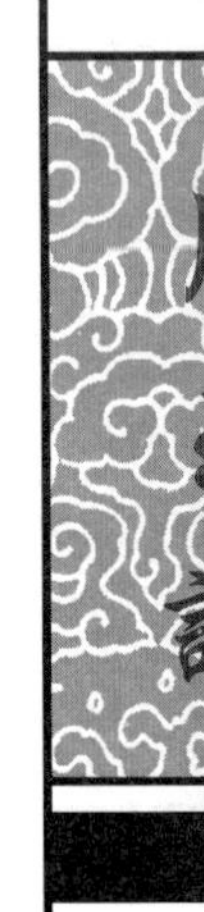

浣溪沙（黃鍾　第三）

樓上晴天碧四垂。樓前芳草接天涯。勸君莫上最高梯。

新筍已成堂下竹，落花都上燕巢泥。忍聽林表杜鵑啼。

【詞評】

卓人月《古今詞統》卷四：爲落花增氣色。晏幾道《鷓鴣天》云：『十里樓臺倚翠微。百花深處杜鵑啼。殷勤自與行人語，不似流鶯取次飛。驚夢覺，弄晴時，聲聲只道不如歸。天涯豈是無歸意，爭奈歸期未可期。』或足爲此句注脚也。

迎春樂（雙調）

清池小圃開雲屋。結春伴、往來熟。憶年時、縱酒杯行速。看月上、歸禽宿。

墻裏修篁森似束。記名字、曾刊新緑。見説別來長，沿翠蘚、封寒玉。

【詞評】

俞陛雲《宋詞選釋》：因題竹而懷人，情景皆真，清空一氣。

迎春樂（雙調　第二）

桃蹊柳曲閑踪迹。俱曾是、大堤客。解春衣、貰[1]酒城南陌。頻醉卧、胡姬側。

鬢點吴霜嗟早白。更誰念、玉溪消息。他日水雲身，相望處、無南北。

【注釋】

①貰，音 shì，賒欠，賒買。

點絳唇（仙呂）

臺上披襟，快風一瞬收殘雨。柳絲輕舉。蛛網黏飛絮。

極目平蕪，應是春歸處。愁凝竚。楚歌聲苦。村落黃昏鼓。

一落索（雙調）

眉共春山爭秀。可憐長皺。莫將清淚濕花枝，恐花也、如人瘦。　清潤玉簫閑久。知音稀有，欲知日日倚欄愁，但問取、亭前柳。

【詞評】

陳廷焯《雲韶集》：情詞雙絶，奴婢秦、柳。

齊大壯批《片玉集》：『知音』句可嘆。

一落索（雙調　第二）

杜宇思歸聲苦。和春催去。倚欄一霎酒旗風，任撲面、桃花雨。　目斷隴雲江樹。難逢尺素。落霞隱隱日平西，料想是、分携處。

【詞評】

俞陛雲《宋詞選釋》：『倚闌』二句，寫景俊逸，擬諸詩境，有『十里曉風吹不斷，亂紅飛雨過長亭』意境。『落霞』二句，寄懷天末，離思與落霞、孤鶩齊飛矣。

垂絲釣（商調）

縷金翠羽。妝成纔見眉嫵。倦倚綉簾，看舞風絮。愁幾許。寄鳳絲雁柱。

春將暮。向層城苑路。鈿車似水，時時花徑相遇。舊游伴侶。還到曾來處。門掩風和雨。梁燕語。問那人在否。

【詞評】

陳廷焯《雲韶集》：重尋舊迹，卻寫得如許凄凉，唐人『桃花依舊笑東風』，不及此也。

卷之四　夏景

滿庭芳（中吕）夏日溧水無想山作

風老鶯雛，雨肥梅子，午陰嘉樹清圓。地卑山近，衣潤費爐烟。人静烏鳶自樂，小橋外、新緑濺濺。凭欄久，黄蘆苦竹，擬泛九江船。年年。如社燕，飄流瀚海，來寄修椽。且莫思身外，長近尊前。憔悴江南倦客，不堪聽、急管繁弦。歌筵畔，先安簟枕，容我醉時眠。

【詞評】

先著、程洪《詞潔》卷三：『黄蘆苦竹』，此非詞家所常設字面，至張玉田《意難忘》詞尤特見之，可見當時推許大家者自有在，决非後人以土泥脂粉爲詞耳。

隔浦蓮（大石）中山縣圃姑射山亭避暑作

新篁搖動翠葆。曲徑通深窈。夏果收新脆，金丸落、驚飛鳥。濃靄迷岸草。蛙聲鬧。驟雨鳴池沼。

水亭小。浮萍破處，簾花檐影顛倒。綸巾羽扇，困卧北窗清曉。屏裏吴山夢自到。驚覺。依然身在江表。

法曲獻仙音（小石）

蟬咽涼柯，燕飛塵幕，漏閣籤聲時度。倦脱綸巾，困便湘竹，桐陰半侵朱户。向抱影凝情處。時聞打窗雨。

耿無語。歎文園、近來多病，情緒懶，尊酒易成間阻。縹緲玉京人，想依然、京兆眉嫵。翠幕深中，對徽容、空在紈素。待花前月下，見了不教歸去。

【詞評】

陳洵《海綃説詞》：著眼兩『時』字，曰倦、曰困，皆由此生。又著眼『向』字、『處』字，窗外窗内，一齊收拾。以换頭三字結足上闋，『文園』以下，全寫『抱影凝情』。虛提實證，是清真度人處。

過秦樓（大石）

水浴清蟾，葉喧凉吹，巷陌馬聲初斷。閑依露井，笑撲流螢，惹破畫羅輕扇。人静夜久凭欄，愁不歸眠，立殘更箭。嘆年華一瞬，人今千里，夢沈書遠。

空見説、鬢怯瓊梳，容消金鏡，漸懶趁時匀染。梅風地溽，虹雨苔滋，一架舞紅都變。誰信無憀，爲伊才减江淹，情傷荀倩。但明河影下，還看稀星數點。

【詞評】

周濟《宋四家詞選》：（『梅風』三句）入此三句，意味淡厚。

側犯（大石）

暮霞霽雨，小蓮出水紅妝靚。風定。看步襪江妃照明鏡。飛螢度暗草，秉燭游花徑。人静。携艷質、追凉就槐影。

金環皓腕，雪藕清泉瑩。誰念省。滿身香、猶是舊荀令。見説胡姬，酒壚寂静。烟鎖漠漠，藻池苔井。

塞翁吟（大石）

暗葉啼風雨，窗外曉色瓏璁。散水麝，小池東。亂一岸芙蓉。蘄州簟展雙紋浪，輕帳翠縷如空。夢遠別、泪痕重。淡鉛臉斜紅。　忡忡。嗟憔悴、新寬帶結，羞艷冶、都銷鏡中。有蜀紙、堪憑寄恨，等今夜、洒血書辭，翦燭親封。菖蒲漸老，早晚成花，教見薰風。

【詞評】

俞陛雲《宋詞選釋》：夏閏庵云：『通首任筆直寫，結語用宕，神味無窮。』

蘇幕遮(般涉)

燎沈香,消溽暑。鳥雀呼晴,侵曉窺檐語。葉上初陽乾宿雨。水面清圓,一一風荷舉。

故鄉遥,何日去。家住吴門,久作長安旅。五月漁郎相憶否,小楫輕舟,夢入芙蓉浦。

【詞評】

王國維《人間詞話》:美成《青玉案》(按:當作《蘇幕遮》)詞:『葉上初陽乾宿雨。水面清圓,一一風荷舉。』此真能得荷花之神理者,覺白石《念奴嬌》《惜紅衣》二詞,猶有隔霧看花之恨。

浣溪沙（四之一）

日射欹紅蠟蔕香。風乾微汗粉襟凉。碧紗對掩簟紋光。　　自翦柳枝明畫閣，戲抛蓮葯種横塘。長亭無事好思量。

【詞評】

俞陛雲《宋詞選釋》：此爲閨中逭暑之作。先言室内，雖僅言粉襟紋簟，而麗影已綽約其間。後半言室外，翦柳抛蓮，寫出閑雅之致。結句以含蘊出之，尤耐尋挹。

浣溪沙（四之二）

翠葆參差竹徑成。新荷跳雨泪珠傾。曲欄斜轉小池亭。　風約簾衣歸燕急，水摇扇影戲魚驚。柳梢殘日弄微晴。

【詞評】

俞陛雲《宋詞選釋》：通首皆寫景，别是一格。字字矜煉，『歸燕』二句，宛似宋人詩集佳句，雖不涉人事，而景中之人，含有一種閑適之趣。『摇扇』句，雖有人在，只是虚寫。

浣溪沙（四之三）

薄薄紗厨望似空。簟紋如水浸芙蓉。起來嬌眼未惺忪。

强整羅衣擡皓腕，更將紈扇掩酥胸。羞郎何事面微紅。

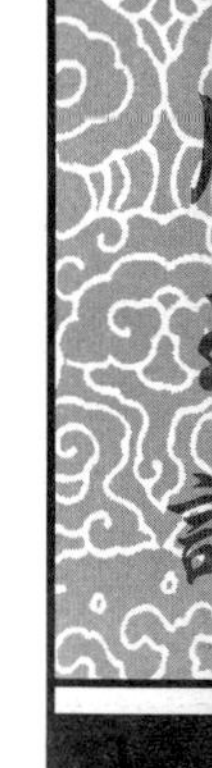

浣溪沙（四之四）

寶扇輕圓淺畫繒。象床平穩細穿藤。飛蠅不到避壺冰。　翠枕面凉頻憶睡，玉簫手汗錯成聲。日長無力要人凭。

【詞評】

俞陛雲《宋詞選釋》：詞意與前首相類，賦景物，極妍麗之采，狀閨情，盡嬌慵之態。《草堂詩餘》選詞，以春夏秋冬之景分隸之。此詞洵夏令之絶妙好詞也。

點絳脣（仙呂）

征騎初停，酒行莫放離歌舉。柳汀蓮浦。看盡江南路。　苦恨斜陽，冉冉催人去。空回顧。淡烟横素。不見揚鞭處。

【詞評】

陳廷焯《雲韶集》：情景兼勝，筆力高絶，較柳耆卿『今宵酒醒何處』，更高一着。喬大壯批《片玉集》：送别似不經意，然小詞能臻重大之境。結意厚。

訴衷情（商調）

出林杏子落金盤。齒軟怕嘗酸。可惜半殘青紫，猶印小唇丹。南陌上，落花閑。雨斑斑。不言不語，一段傷春，都在眉間。

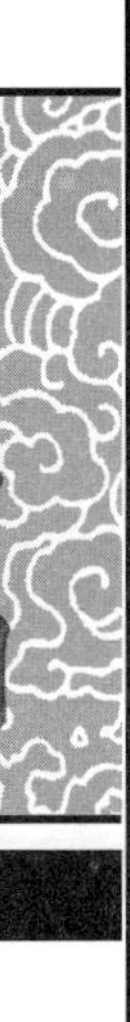

卷之五　秋景

風流子（大石）秋怨

楓林凋晚葉，關河迥，楚客慘將歸。望一川暝靄，雁聲哀怨，半規涼月，人影參差。酒醒後、泪花消鳳蠟，風幕捲金泥。砧杵韻高，喚回殘夢，綺羅香減，牽起餘悲。　亭皋分襟地，難拚處、偏是掩面牽衣。何況怨懷長結，重見無期。想寄恨書中，銀鈎空滿，斷腸聲裏，玉箸還垂。多少暗愁密意，惟有天知。

【詞評】

況周頤《蕙風詞話》：清真又有句云：『多少暗愁密意，惟有天知』；『最苦夢魂，今宵不到伊行』；『拚今生對花對酒，對伊泪落』。此等語愈樸愈厚，愈厚愈雅，至真之情由性靈肺腑中流出，不妨說盡，而愈無盡。

華胥引（黄鍾）秋思

川原澄映，烟月冥濛，去舟如葉。岸足沙平，蒲根水冷留雁唼。別有孤角吟秋，對曉風嗚軋。紅日三竿，醉頭扶起還怯。　離思相縈，漸看看、鬢絲堪鑷。舞衫歌扇，何人輕憐細閱。點檢從前恩愛，但鳳箋盈篋。愁翦燈花，夜來和泪雙疊。

【詞評】

毛先舒《詩辯坻》卷四：詞家刻意、俊語、濃色，此三者皆作者神明，然須有淺淡處平處，忽著一二乃佳耳。如美成秋思，平叙景物已足，乃出『醉頭扶起還怯』，便動人工妙。

宴清都（中吕）

地僻無鐘鼓。殘燈滅、夜長人倦難度。寒吹斷梗，風翻暗雪，洒窗填户。賓鴻謾説傳書，算過盡、千儔萬侣。始信得、庾信愁多，江淹恨極須賦。凄凉病損文園，徽弦乍拂，音韻先苦。淮山夜月，金城暮草，夢魂飛去。秋霜半入清鏡，嘆帶眼、都移舊處。更久長、不見文君，歸時認否。

【詞評】

黄蘇《蓼園詞選》：曰文園，曰文君，似爲旅宦思家之作，或别有所托，亦未可知。而詞旨自爾凄然欲絶。俞陛雲《宋詞選釋》：通乎情與景融成一片，合爲凄異之音。此調當在渾灝流轉處着眼。結句涉想悠然，怨入秋烟深處矣。

四園竹（小石）

浮雲護月，未放滿朱扉。鼠摇暗壁，螢度破窗，偷入書幃。秋意濃，閑竚立、庭柯影裏。好風襟袖先知。　夜何其。江南路繞重山，心知謾與前期。奈向燈前墮泪，腸斷蕭娘，舊日書辭。猶在紙。雁信絶，清宵夢又稀。

齊天樂（正宫）秋思

緑蕪凋盡臺城路，殊鄉又逢秋晚。暮雨生寒，鳴蛩勸織，深閣時聞裁翦。雲窗静掩。嘆重拂羅裀，頓疏花簟。尚有綀囊，露螢清夜照書卷。荆江留滯最久，故人相望處，離思何限。渭水西風，長安亂葉，空憶詩情宛轉。凭高眺遠。正玉液新篘，蟹螯初薦。醉倒山翁，但愁斜照斂。

【詞評】

王國維《人間詞話》：『西風吹渭水，落葉滿長安』，美成以之入詞，白仁甫以之入曲，此借古人之境界爲我之境界也。然非自有境界，古人亦不爲我用。喬大壯批《片玉集》：『渭水』八字作對，慢詞於此加入重大之境，非片玉不能爲之。

木蘭花（高平）

暮秋餞別

郊原雨過金英秀。風拂霜威寒入袖。感君一曲斷腸歌，勸我十分和泪酒。古道塵清榆柳瘦。繫馬郵亭人散後。今宵燈盡酒醒時，可惜朱顏成皓首。

霜葉飛（大石）

露迷衰草。疏星挂，涼蟾低下林表。素娥青女鬥嬋娟，正倍添凄悄。漸颯颯、丹楓撼曉。橫天雲浪魚鱗小。似故人相看，又透入、清輝半餉，特地留照。

迢遞望極關山，波穿千里，度日如歲難到。鳳樓今夜聽秋風，奈五更愁抱。想玉匣、哀弦閉了。無心重理相思調。見皓月、牽離恨，屏掩孤顰，泪流多少。

【詞評】

陳廷焯《雲韶集》：寫秋夜景色，字字凄斷。『撼』字下得精神。曉何可撼？『撼曉』何可解？惟其不可撼，所以爲奇妙；惟其不可解，所以爲神化也。

蕙蘭芳引（仙吕）

寒瑩晚空，點清鏡、斷霞孤鶩。對客館深扃，霜草未衰更緑。倦游猒旅，但夢繞、阿嬌金屋。想故人别後，盡日空疑風竹。

塞北氍毹，江南圖障，是處温燠。更花管雲箋，猶寫寄情舊曲。音塵迢遞，但勞遠目。今夜長，争奈枕單人獨。

塞垣春（大石）

暮色分平野。傍葦岸、征帆卸。烟村極浦，樹藏孤館，秋景如畫。漸別離氣味難禁也。更物象、供瀟洒。念多材渾衰減，一懷幽恨難寫。

追念綺窗人，天然自、風韻嫻雅。竟夕起相思，謾嗟怨遥夜。又還將、兩袖珠泪，沈吟向寂寥寒燈下。玉骨爲多感，瘦來無一把。

【詞評】

沈際飛《草堂詩餘正集》：將珠泪沉吟，傷矣。沈吟向寒燈，傷如之何？比耶？興耶？情文相生，音節俱極清雋。喬大壯批《片玉集》：兩『念』字，不可爲訓。『情人怨遥夜，竟夕起相思』，張九齡詩。『玉骨瘦來無一把』，義山詩。

丁香結（商調）

蒼蘚沿階，冷螢黏屋，庭樹望秋先隕。漸雨淒風迅。澹暮色，倍覺園林清潤。漢姬紈扇在，重吟玩、棄擲未忍。登山臨水，此恨自古，消磨不盡。 牽引。記試酒歸時，映月同看雁陣。寶幄香纓，薰爐象尺，夜寒燈暈。誰念留滯故國，舊事勞方寸。惟丹青相伴，那更塵昏蠹損。

【詞評】

陳洵《海綃説詞》：『漢姬』十二字，已是『舊』意；『登山臨水』，即又提開。從空處展步，然後跌落換頭五句。復以『誰念』二句鈎轉。『惟丹青相伴』，已是歇步，再跌進一步作收。讀之但覺空？澹遠，何處尋其源耶。

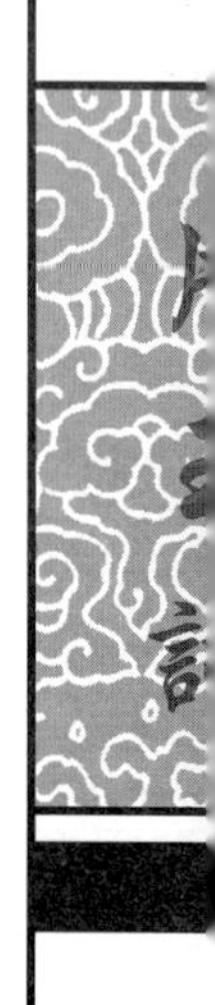

卷之六　秋景

氐州第一（商調）

波落寒汀，村渡向晚，遥看數點帆小。亂葉翻鴉，驚風破雁，天角孤雲縹緲。官柳蕭疏，甚尚挂、微微殘照。景物關情，川途换目，頓來催老。漸解狂朋歡意少。奈猶被、思牽情繞。座上琴心，機中錦字，覺最縈懷抱。也知人、懸望久，薔薇謝、歸來一笑。欲夢高唐，未成眠、霜空又曉。

【詞評】

俞陛雲《宋詞選釋》：前八句，狀水天景物，『殘照』二句，爲秋柳傳神，而以『關情』『换目』承上八句，則所見景色，皆有『物换星移』之感。自轉頭至結句，如明珠走盤，一絲縈曳。夏閏庵以『曲而婉』三字評之，殊當。

解蹀躞（商調）

候館丹楓吹盡，面旋隨風舞。夜寒霜月，飛來伴孤旅。還是獨擁秋衾，夢餘酒困都醒，滿懷離苦。甚情緒。深念凌波微步。幽房暗相遇。泪珠都作，秋宵枕前雨。此恨音驛難通，待憑征雁歸時，帶將愁去。

少年游（商調）

并刀如水，吴鹽勝雪，纖手破新橙。錦幄初温，獸烟不斷，相對坐調笙。低聲問向誰行宿，城上已三更。馬滑霜濃，不如休去，直是少人行。

【詞評】

潘游龍《古今詩餘醉》卷五：説盡冬景行路意思，展轉有味。譚獻評《詞辨》：麗極而清，清極而婉。然不可忽過『馬滑霜濃』四字。孫麟趾《詞逕》：恐其平直，以曲折出之，謂之婉。如清真『低聲問』數句，深得婉字之妙。陳廷焯《雲韶集》卷四：秀艷。情急而語甚婉約，妙絶古今。

慶春宫（越調）

雲接平岡，山圍寒野，路回漸轉孤城。衰柳啼鴉，驚風驅雁，動人一片秋聲。倦途休駕，淡烟裹、微茫見星。塵埃憔悴，生怕黄昏，離思牽縈。　華堂舊日逢迎。花艷參差，香霧飄零。弦管當頭，偏憐嬌鳳，夜深簧暖笙清。眼波傳意，恨密約、匆匆未成。許多煩惱，只爲當時，一餉留情。

【詞評】

周密《齊東野語》卷十七：簧暖則字正而聲清越，故必用焙而後可。陸天隨詩云：『妾思冷如簧，時時望君暖。』樂府亦有『簧暖笙清』之語。陳洵《海綃説詞》：前闋離思，滿紙秋氣；後闋留情，一片春聲。而以『許多煩惱』一句，作兩邊呼應，法極簡要。

醉桃源（大石）

冬衣初染遠山青。雙絲雲雁綾。夜寒袖濕欲成冰。都緣珠淚零。情黯黯，悶騰騰。身如秋後蠅。若教隨馬逐郎行。不辭多少程。

【詞評】

俞平伯《清真詞釋》：『冬衣』兩句，花紋顔色并妙。

醉桃源（大石　第二）

菖蒲葉老水平沙。臨流蘇小家。畫欄曲徑宛秋蛇。金英垂露華。　燒蜜炬，引蓮娃。酒香薰臉霞。再來重約日西斜。倚門聽暮鴉。

【詞評】

俞平伯《清真詞釋》：此詞有三奇，一章法之奇，二句法之奇，三意境之妙。調凡八句，以四句寫景，兩句記艷，似乎明白，然憶之與想，真之與幻，今之與昔，咸不辨也，全爲虛宕之筆，得末兩句叫破之，此章法陡變之奇也。

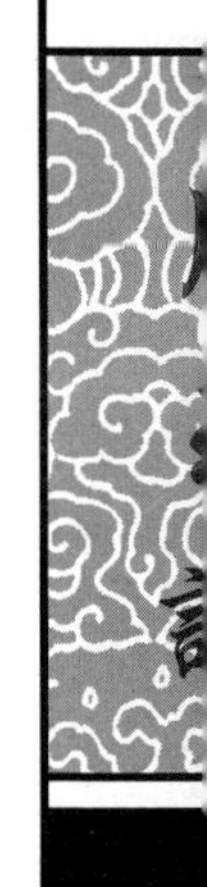

點絳唇（仙呂）

孤館迢迢，暮天草露霑衣潤。夜來秋近。月暈通風信。今日原頭，黃葉飛成陣。知人悶。故來相趁。共結臨歧恨。

【詞評】

俞陛雲《宋詞選釋》因送別之時，風吹黃葉，信手拈來，便成此解。可見隨處景物，能手遇之，便能運用。詞中下闋之意，以承接上闋爲多。此詞言昨宵風信，今見葉飛，其銜接尤爲明顯。

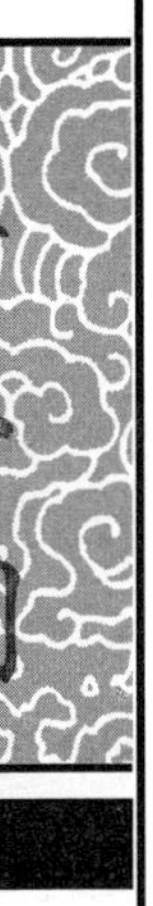

夜游宫（般涉）

葉下斜陽照水。捲輕浪、沈沈千里。橋上酸風射眸子。立多時，看黄昏，燈火市。　古屋寒窗底。聽幾片、井桐飛墜。不戀單衾再三起。有誰知，爲蕭娘，書一紙。

【詞評】

周濟《宋四家詞選》：此亦是層疊加倍寫法，本只『不戀單衾』一句耳，加上前闋，方覺精力彌滿。陳洵《海綃説詞》：橋上則『立多時』，屋内則『再三起』，果何爲乎？『蕭娘書一紙』，惟己獨知耳，眼前風物何有哉！

夜游宫（般涉　第二）

客去車塵未斂。古簾暗、雨苔千點。月皎風清在處見。奈今宵，照初弦，吹一箭。

池曲河聲轉。念歸計，眼迷魂亂。明日前村更荒遠。且開尊，任紅鱗，生酒面。

訴衷情（商調）

堤前亭午未融霜。風緊雁無行。重尋舊日歧路，茸帽北游裝。

期信杳，别離長。遠情傷。風翻酒幔，寒凝茶烟，又是何鄉。

傷情怨（林鍾）

枝頭風勢漸小。看暮鴉飛了。又是黄昏，閉門收返照。　江南人去路緲。信未通、愁已先到。怕見孤燈，霜寒催睡早。

【詞評】

陳廷焯《雲韶集》：『又』字妙，『收』字妙。陳廷焯《詞則·别調集》卷二：（『信未通』二句）警絶。

冬景

紅林檎近（雙調）

高柳春纔軟，凍梅寒更香。暮雪助清峭，玉塵散林塘。那堪飄風遞冷，故遣度幕穿窗。似欲料理新妝。呵手弄絲簧。冷落詞賦客，蕭索水雲鄉。援毫授簡，風流猶憶東梁。望虛檐徐轉，迴廊未掃，夜長莫惜空酒觴。

【附録】

方千里《紅林檎近》：花幕高燒燭，獸爐深炷香。寒色上樓閣，春威遍池塘。多情天孫罷織，故與玉女穿窗。素臉淺約宮裝。風韻勝笙簧。游冶尋舊侶，尊酒老吾鄉。清歌度曲，何妨塵落雕梁。任瑶階平尺，珠簾人報，剩拚酩酊飛羽觴。

紅林檎近（雙調　第二）

風雪驚初霽，水鄉增暮寒。樹杪墮飛羽，檐牙挂琅玕。纔喜門堆巷積，可惜迤邐消殘。漸看低竹翩翻，清池漲微瀾。　步屧晴正好，宴席晚方歡。梅花耐冷，亭亭來入冰盤。對前山横素，愁雲變色，放杯同覓高處看。

【詞評】

卓人月《古今詞統》卷十一：起句亦勝。

滿路花（仙呂）

金花落燼燈，銀礫鳴窗雪。夜深微漏斷，行人絶。風扉不定，竹圃琅玕折。玉人新間闊。著甚情悰，更當恁地時節。無言欹枕，帳底流清血。愁如春後絮，來相接。知他那裏，争信人心切。除共天公説。不成也還，似伊無個分别。

卷之七　單題

解語花（高平）元宵

風消焰蠟，露浥烘爐，花市光相射。桂華流瓦。纖雲散，耿耿素娥欲下。衣裳淡雅。看楚女、纖腰一把。簫鼓喧，人影參差，滿路飄香麝。

因念都城放夜。望千門如晝，嬉笑游冶。鈿車羅帕。相逢處、自有暗塵隨馬。年光是也。惟只見、舊情衰謝。清漏移，飛蓋歸來，從舞休歌罷。

【詞評】

陳廷焯《雲韶集》卷四：因元宵而念禁城放夜，屈指年光，已成往事。此種着筆，何等姿態，何等情味。若泛寫元宵衣香燈影如何艷冶，便寫得工麗百二十分，終覺看來不俊。

六幺令（仙吕）重九

快風收雨，亭館清殘燠。池光静横秋影，岸柳如新沐。聞道宜城酒美，昨日新醅熟。輕鑣相逐。衝泥策馬，來折東籬半開菊。　華堂花艷對列，一一驚郎目。歌韻巧共泉聲，間雜琮琤玉。惆悵周郎已老，莫唱當時曲。幽歡難卜。明年誰健，更把茱萸再三囑。

【詞評】

蔣禮鴻《大鶴山人校本〈清真詞〉箋記》：（『明年誰健，更把茱萸再三囑』）按：此用杜甫《九日藍田崔氏莊》詩『明年此會知誰健，醉把茱萸仔細看』意，陳元龍注引之，是也。

倒犯（仙吕）新月

霽景、對霜蟾乍昇，素烟如掃。千林夜縞。徘徊處、漸移深窈。何人正弄、孤影蹁躚西窗悄。冒霜冷貂裘，玉斝邀雲表。共寒光、飲清醥。淮左舊游，記送行人，歸來山路窵。駐馬望素魄，印遥碧、金樞小。愛秀色、初娟好。念漂浮、綿綿思遠道。料異日宵征，必定還相照。奈何人自衰老。

大酺（越調）春雨

對宿烟收，春禽静，飛雨時鳴高屋。墻頭青玉旆，洗鉛霜都盡，嫩梢相觸。潤逼琴絲，寒侵枕障，蟲網吹黏簾竹。郵亭無人處，聽檐聲不斷，困眠初熟。奈愁極頓驚，夢輕難記，自憐幽獨。　行人歸意速。最先念、流潦妨車轂。怎奈向、蘭成憔悴，衛玠清羸，等閑時、易傷心目。未怪平陽客，雙泪落、笛中哀曲。况蕭索、青蕪國。紅糁鋪地，門外荆桃如菽。夜游共誰秉燭。

【詞評】

吴從先《草堂詩餘雋》李攀龍批：『自憐幽獨』，又『共誰秉燭』，如常山蛇勢，首尾自相擊應。卓人月《古今詞統》卷十七：『國』字不通。一作『園』，又失韻。許昂霄《詞綜偶評》：通首俱寫雨中情景。

玉燭新（雙調）梅花

溪源新臘後。見數朵江梅，翦裁初就。暈酥砌玉，芳英嫩、故把春心輕漏。前村昨夜，想弄月、黃昏時候。孤岸峭，疏影橫斜，濃香暗霑襟袖。　尊前賦與多材，問嶺外風光，故人知否。壽陽謾鬥。終不似，照水一枝清瘦。風嬌雨秀。好亂插、繁花盈首。須信道，羌管無情，看看又奏。

【詞評】

潘游龍《古今詩餘醉》卷十三：前段略不可人，後則全是一團梅精靈，至壽陽猶不似，則譽極愛極矣。

花犯（小石）梅花

粉墻低，梅花照眼，依然舊風味。露痕輕綴。疑净洗鉛華，無限佳麗。去年勝賞曾孤倚。冰盤同宴喜。更可惜、雪中高樹，香篝薰素被。　今年對花最匆匆，相逢似有恨，依依愁悴。吟望久，青苔上、旋看飛墜。相將見、脆丸薦酒，人正在、空江烟浪裏。但夢想、一枝瀟洒，黄昏斜照水。

【詞評】

張伯駒《叢碧詞話》：清真《花犯》詞之妙，正與《蘭陵王》同。明是離别之事，而即詠柳；明是離别之事，而即詠梅。所以能紆徐反復，更盡離情之慘。

醜奴兒（大石）梅花

肌膚綽約真仙子，來伴冰霜。洗盡鉛黃。素面初無一點妝。

尋花不用持銀燭，暗裏聞香。零落池塘。分付餘妍與壽陽。

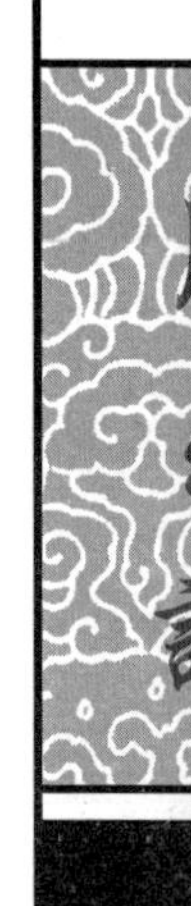

水龍吟（越調）梨花

素肌應怯餘寒，艷陽占立青蕪地。樊川照日，靈關遮路，殘紅斂避。傳火樓臺，妒花風雨，長門深閉。亞簾櫳半濕，一枝在手，偏勾引、黄昏泪。　别有風前月底。布繁英、滿園歌吹。朱鉛退盡，潘妃卻酒，昭君乍起。雪浪翻空，粉裳縞夜，不成春意。恨玉容不見，瓊英謾好，與何人比。

【詞評】

黄蘇《蓼園詞選》：寫梨花冷淡性情，曰『占盡青蕪』，曰『長門閉』，曰『引黄昏泪』，曰『不成春意』，爲梨花寫神矣，卻移不到桃李梅杏上。

六醜（中吕）落花

正單衣試酒，恨客裏、光陰虚擲。願春暫留，春歸如過翼，一去無迹。爲問花何在，夜來風雨，葬楚宫傾國。釵鈿墮處遺香澤。亂點桃蹊，輕翻柳陌。多情爲誰追惜。但蜂媒蝶使，時叩窗隔。

東園岑寂。漸蒙籠暗碧。静繞珍叢底，成嘆息。長條故惹行客。似牽衣待話，别情無極。殘英小、强簪巾幘。終不似一朵，釵頭顫裊，向人欹側。漂流處、莫趁潮汐。恐斷紅、尚有相思字，何由見得。

虞美人（正宮）

金閨平帖春雲暖。晝漏花前短。玉顔酒解艷紅消。一面捧心啼困、不成嬌。別來新翠迷行徑。窗鎖玲瓏影。砑綾小字夜來封。斜倚曲欄凝睇、數歸鴻。

【詞評】

俞陛雲《宋詞選釋》：此首寫別後之懷。『啼困』『紅消』，想爲郎之憔悴。親封『小字』，將報我以平安，乃從居者著想也。

虞美人（正宮　第二）

廉纖小雨池塘遍。細點看萍面。一雙燕子守朱門。比似尋常時候、易黃昏。宜城酒泛浮香絮。細作更闌語。相將羈思亂如雲。又是一窗燈影、兩愁人。

卷之八　單題

蘭陵王（越調）柳

柳陰直。烟裏絲絲弄碧。隋堤上、曾見幾番，拂水飄綿送行色。登臨望故國。誰識。京華倦客。長亭路，年去歲來，應折柔條過千尺。閑尋舊踪迹。又酒趁哀弦，燈照離席。梨花榆火催寒食。愁一箭風快，半篙波暖，回頭迢遞便數驛。望人在天北。淒惻。恨堆積。漸别浦縈回，津堠岑寂。斜陽冉冉春無極。念月榭携手，露橋聞笛。沈思前事，似夢裏，泪暗滴。

【詞評】

陳廷焯《雲韶集》卷四：意與人同，而筆力之高，壓遍千古。又沉鬱，又勁直，有獨往獨來之概。

蝶戀花（商調）柳

愛日輕明新雪後。柳眼星星，漸欲穿窗牖。不待長亭傾別酒。一枝已入騷人手。

淺淺挼藍輕蠟透。過盡冰霜，便與春爭秀。强對青銅簪白首。老來風味難依舊。

蝶戀花（商調　第二）柳

桃萼新香梅落後。暗葉藏鴉，苒苒垂亭牖。舞困低迷如著酒。亂絲偏近游人手。　雨過朦朧斜日透。客舍青青，特地添明秀。莫話揚鞭回別首。渭城荒遠無交舊。

【附録】

陳允平《蝶戀花》：墻外秋千花影後。環獸金懸，暗緑籠朱牖。爲怯輕寒猶殢酒。同心共結懷纖手。　粉袖盈盈香泪透。蹙損雙眉，懶畫遥山秀。柔弱風條低拂首。渭城歌舞春如舊。

蝶戀花（商調 第三）柳

蠢蠢黄金初脱後。暖日飛綿，取次黏窗牖。不見長條低拂酒。贈行應已輸先手。　鶯擲金梭飛不透。小榭危樓，處處添奇秀。何日隋堤縈馬首。路長人遠空思舊。

【詞評】

蔣禮鴻《大鶴山人校本〈清真詞〉箋記》：（不見長條低拂酒。贈行應已輸纖手）鄭（文焯）校：『纖手』，汲古諸本并作『先手』，勞氏舊鈔本『先』作『纖』，今從之。按：『不見長條』者，長條已爲前之贈行之人折去，而今欲折以贈行，則已後矣，故曰『輸先手』。若作『纖手』，則與『輸』字何涉乎？

蝶戀花（商調 第四）柳

小閣陰陰人寂後。翠幕褰風，燭影摇疏牖。夜半霜寒初索酒。金刀正在柔荑手。　彩薄粉輕光欲透。小葉尖新，未放雙眉秀。記得長條垂鷁首。别離情味還依舊。

西河（大呂）金陵懷古

佳麗地。南朝盛事誰記。山圍故國繞清江，髻鬟對起。怒濤寂寞打孤城，風檣遥度天際。　斷崖樹，猶倒倚。莫愁艇子曾繫。空遺舊迹鬱蒼蒼，霧沉半壘。夜深月過女墻來，賞心東望淮水。　酒旗戲鼓甚處市。想依稀、王謝鄰里。燕子不知何世。入尋常、巷陌人家，相對如説興亡，斜陽裏。

【詞評】

許昂霄《詞綜偶評》：隱括唐句，渾然天成。『山圍故國繞清江』四句，形勝；『莫愁艇子曾繫』三句，古迹；『酒旗戲鼓甚處是』至末，目前景物。

陳廷焯《詞則·放歌集》卷一：此詞以『山圍故國』『朱雀橋邊』二詩作藍本，融化入律，氣韻沉雄，音節悲壯。

歸去難（仙呂）期約

佳約人未知，背地伊先變。惡會稱停事，看深淺。如今信我，委的論長遠。好采無可怨。洎合教伊，因些事後分散。密意都休，待說先腸斷。此恨除非是，天相念。堅心更守，未死終相見。多少閑磨難。到得其時，知他做甚頭眼。

【注釋】

①閑磨難，《粹編》作『閑磨難』，此類詞未必美成所撰，抑或當筵付歌者之作，故不著雋語，信手拈來，只合單拍易於演唱耳。

三部樂（商調）梅雪

浮玉飛瓊，向邃館静軒，倍增清絶。夜窗垂練，何用交光明月。近聞道、官閣多梅，趁暗香未遠，凍蕊初發。倩誰摘取，寄贈情人桃葉。　迴文近傳錦字，道爲君瘦損，是人都説。祇知染紅著手，膠梳黏髮。轉思量、鎮長墮睫。都只爲、情深意切。欲報消息，無一句、堪愈愁結。

菩薩蠻（正平）梅雪

天憎梅浪發。故下封枝雪。深院捲簾看，應憐江上寒。銀河宛轉三千曲。浴鳧飛鷺澄波緑。何處是歸舟，夕陽江上樓。

【詞評】

陳廷焯《白雨齋詞話》卷一：美成《菩薩蠻》上半闋云：『何處望歸舟，夕陽江上樓。』思慕之極，故哀怨之深。下半闋云：『深院捲窑，應憐江上寒。』哀怨之深，亦忠愛之至。似此不必學温、韋，已與温、韋一孔出氣。

品令（商調）梅花

夜闌人靜。月痕寄、梅梢疏影。簾外曲角欄干近。舊携手處，花霧寒成陣。　應是不禁愁與恨。縱相逢難問。黛眉曾把春衫印。後期無定。斷腸香消盡。

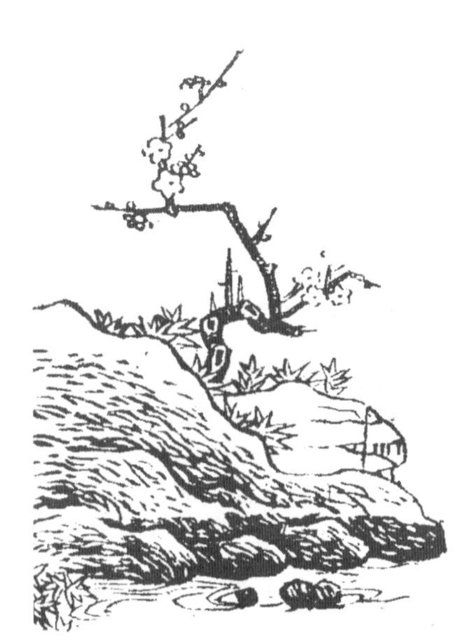

玉樓春（仙吕）惆悵

玉琴虚下傷心泪。只有文君知曲意。簾烘樓迥月宜人，酒暖香融春有味。　萋萋芳草迷千里。惆悵王孫行未已。天涯回首一消魂，二十四橋歌舞地。

【附録】

楊澤民《玉樓春》：筆端點染相思泪。盡寫别來無限意。只知香閣有離愁，不信長途無好味。　行軒一動須千里。王事催人難但已。床頭酒熟定歸來，明月一庭花滿地。

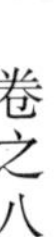

黄鸝繞碧樹（雙調）春情

雙闕籠嘉氣，寒威日晚，歲華將暮。小院閑庭，對寒梅照雪，澹烟凝素。忍當迅景，動無限、傷春情緒。猶賴是、上苑風光漸好，芳容將煦。草莢蘭芽漸吐。且尋芳、更休思慮。這浮世、甚驅馳利禄，奔競塵土。縱有魏珠照乘，未買得流年住。争如盛飲流霞，醉偎瓊樹。

【詞評】

蔣禮鴻《大鶴山人校本〈清真詞〉箋記》：（『争如盛飲流霞，醉偎瓊樹』）鄭（文焯）校：『盛飲流霞』，汲古作『剩引榴花』四字，并以音近訛。

滿路花（仙呂）思情

簾烘泪雨乾，酒壓愁城破。冰壺防飲渴，培殘火。朱消粉褪，絶勝新梳裹。不是寒宵短，日上三竿，殢人猶要同卧。如今多病，寂寞章臺左。黄昏風弄雪，門深鎖。蘭房密愛，萬種思量過。也須知有我。著甚情悰，你但忘了人呵。

【詞評】

卓人月《古今詞統》卷十一：眠夜飲朝，淫思古意。又：『短』字失韻。『呵』，上聲。

卷之九　雜賦

綺寮怨（中吕）思情

上馬人扶殘醉，曉風吹未醒。映水曲、翠瓦朱檐，垂楊裏、乍見津亭。當時曾題敗壁，蛛絲罩、澹墨苔暈青。念去來、歲月如流，徘徊久、嘆息愁思盈。

去去倦尋路程。江陵舊事，何曾再問楊瓊。舊曲淒清，斂愁黛、與誰聽。尊前故人如在，想念我、最關情。何須渭城。歌聲未盡處，先泪零。

【詞評】

陳洵《抄本海綃説詞》：此重過荆南途中作。楊瓊，江陵歌者，見白香山詩。徘徊、嘆息，蓋有在矣。念我、關情，已是黯然銷魂，正不見此故人，故聞歌落泪也。所謂何曾再問，正急於欲問也。舊曲、誰聽、念我、關情，問之不已，特不知故人在否耳。拙重之至，彌見沈渾。

拜星月（高平）秋思

夜色催更，清塵收露，小曲幽坊月暗。竹檻燈窗，識秋娘庭院。笑相遇，似覺瓊枝玉樹，暖日明霞光爛。水眄蘭情，總平生稀見。畫圖中、舊識春風面。誰知道、自到瑤臺畔。眷戀雨潤雲温，苦驚風吹散。念荒寒、寄宿無人館。重門閉、敗壁秋蟲嘆。怎奈向、一縷相思，隔溪山不斷。

【詞評】

吴從先《草堂詩餘雋》李攀龍批：上相遇間，如瓊玉生光；下相思處，渾如溪山隔斷。陳廷焯《雲韶集》：迤邐寫來，入微盡致。當年畫中曾見，今日重逢，其情愈深。旅館凄凉，相思情況，一一如見。

尉遲杯（大石）離恨

隋堤路。漸日晚、密靄生深樹。陰陰淡月籠沙，還宿河橋深處。無情畫舸，都不管、烟波隔南浦。等行人、醉擁重衾，載將離恨歸去。　因念舊客京華，長偎傍、疏林小檻歡聚。冶葉倡條俱相識，仍慣見、珠歌翠舞。如今向、漁村水驛，夜如歲、焚香獨自語。有何人、念我無憀，夢魂凝想鴛侶。

【詞評】

卓人月《古今詞統》卷十四：等到醉時放船，煞有情矣，猶謂無情，情真哉。沈際飛《草堂詩餘正集》：蘇詞『只載一船離恨、向西州』，秦詞『載取暮愁歸去』，又是一觸發。

繞佛閣（大石）旅情

暗塵四斂。樓觀迥出，高映孤館。清漏將短。厭聞夜久，籤聲動書幔。桂華又滿。閑步露草，偏愛幽遠。花氣清婉。望中迤邐，城陰度河岸。

倦客最蕭索，醉倚斜橋穿柳綫。還似汴堤，虹梁橫水面。看浪颭春燈，舟下如箭。此行重見。嘆故友難逢，羈思空亂。兩眉愁、向誰舒展。

【詞評】

俞陛雲《宋詞選釋》：『桂華』五句及下闋『浪颭』二句，寫景真切，語復俊逸，惟清真擅此，柳屯田差相伯仲。後幅，舊境重逢，而故人不見，停雲落月，今古同概也。

一寸金（小石）江路

州夾蒼崖，下枕江山是城郭。望海霞接日，紅翻水面，晴風吹草，青摇山脚。波暖鳧鷖作。沙痕退、夜潮正落。疏林外、一點炊烟，渡口參差正寥廓。

自嘆勞生，經年何事，京華信漂泊。念渚蒲汀柳，空歸閑夢，風輪雨楫，終辜前約。情景牽心眼，流連處、利名易薄。回頭謝、冶葉倡條，便入漁釣樂。

【詞評】

卓人月《古今詞統》卷十五：『作』字妙。俞陛雲《宋詞選釋》：勝處全在上闋，寫江路景物如畫，好語穿珠，無懈可周。但此等詞宋賢尚有能手，未見清真本色也。

蝶戀花（商調）秋思

月皎驚烏栖不定。更漏將殘，轣轆牽金井。喚起兩眸清炯炯。泪花落枕紅綿冷。

執手霜風吹鬢影。去意徊徨，别語愁難聽。樓上欄干横斗柄。露寒人遠雞相應。

【詞評】

卓人月《古今詞統》卷九：夜色晨光，將斷將續際，寫得欲絶。黄蘇《蓼園詞選》：首一闋，言未行前聞烏驚、漏殘，轆轤響、而驚醒落泪。第二闋，言别時情況凄楚，玉人遠而惟雞相應，更覺凄婉矣。

如夢令（中呂）思情

塵滿一絣文綉。淚濕領巾紅皺。初暖綺羅輕，腰勝武昌官柳。長晝。長晝。困卧午窗中酒。

如夢令（中吕　第二）閨情

門外迢迢行路。誰送郎邊尺素。巷陌雨餘風，當面濕花飛去。無緒。無緒。閑處偷垂玉箸。

【附録】

陳允平《宴桃源》：何處春風歸路。金屋空藏樊素。零亂海棠花，愁夢欲隨春去。情緒。情緒。粉濺兩行冰箸。

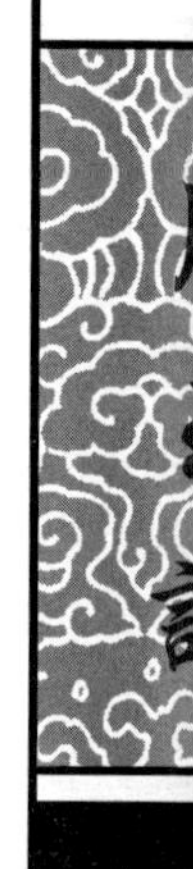

月中行 怨恨

蜀絲趁日染乾紅。微暖面脂融。博山細篆靄房櫳。靜看打窗蟲。　愁多膽怯疑虛幕，聲不斷、暮景疏鐘。團團四壁小屏風。啼盡夢魂中。

【詞評】

卓人月《古今詞統》卷六：閨詞千萬，何以夢啼一事，直待美成始出。可見眼前情景，從來遺忘者甚多。『團圍』，或作『團團』，非。孫亮作圓琉璃屏風，多布螢其中，月夜舒之，常籠四美姬於四座屏風內，望之若無隔，惟香氣不通於外。

浣溪沙（黄鍾）

日薄塵飛官路平。眼前喜見汴河傾。地遥人倦莫兼程。　下馬先尋題壁字，出門閑記榜村名。早收燈火夢傾城。

【詞評】

俞陛雲《宋詞選釋》：長途倦客，薄晚停車，土壁認攲斜之字，茅檐訪村落之名，皆陸行旅客確有之情景。寫景以真切爲貴，此等詞是也。結句匆匆旅宿，猶憶傾城，周郎其在邯鄲道中，向盧生借枕耶？

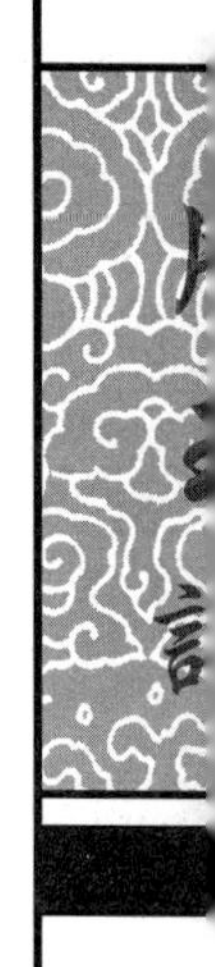

浣溪沙（黄鍾 第二）

貪向津亭擁去車。不辭泥雨濺羅襦。泪多脂粉了無餘。

酒釅未須令客醉，路長終是少人扶。早教幽夢到華胥。

浣溪沙(黄鍾　第三)

幽閤深沈燈焰喜，小壚鄰近酒杯寬。爲君門外脱歸鞍。

不爲蕭娘舊約寒。何因容易别長安。預愁衣上粉痕乾。

【詞評】

俞陛雲《宋詞選釋》：詞人多作傷離之語，此乃言相見之歡。上闋三句作三折，不使一平衍之筆。觀結句甫在門外下馬，則『幽閤』二句，因見報喜之燈花，預暖洗塵之酒盞，皆代緑窗中人着筆也。語云：『歡娱之言難工，愁苦之音易好。』此詞卻工。

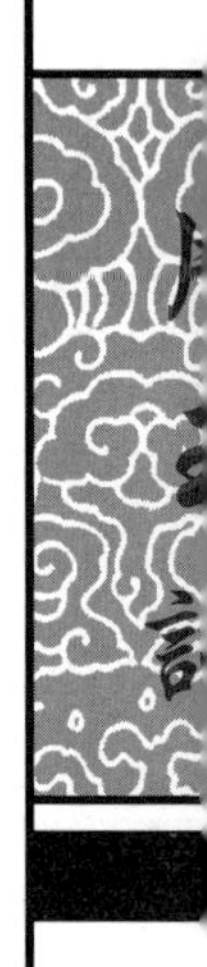

點絳唇（仙呂）傷感

遼鶴歸來，故鄉多少傷心地。寸書不寄，魚浪空千里。　憑仗桃根，説與凄涼意。愁無際。舊時衣袂。猶有東門泪。

【詞評】

許昂霄《詞綜偶評》：澹澹寫來，深情無限，宜楚雲爲之感泣也。

少年游（黃鍾）樓月

檐牙縹緲小倡樓。涼月挂銀鈎。聒席笙歌，透簾燈火，風景似揚州。

當時面色欺春雪，曾伴美人游。今日重來，更無人問，獨自倚欄愁。

望江南（大石）詠妓

歌席上，無賴是横波。寶髻玲瓏攲玉燕，綉巾柔膩掩香羅。人好自宜多。

無個事，因甚斂雙蛾。淺淡梳妝疑見畫，惺鬆言語勝聞歌。何況會婆娑。

【詞評】

况周頤《蕙風詞話》：清真《望江南》云：『惺鬆言語勝聞歌』，謝希深《夜行船》云：『尊前和泪不成歌』，皆熨帖入微之筆。喬大壯批《片玉集》：片玉小令極近五季，不爲當行。『宜多』者，謂多所相宜也。

卷之十　雜賦

意難忘（中呂）美詠

衣染鶯黄。愛停歌駐拍，勸酒持觴。低鬟蟬影動，私語口脂香。檐露滴，竹風凉。拚劇飲淋浪。夜漸深，籠燈就月，子細端相。知音見説無雙。解移宫换羽，未怕周郎。長顰知有恨，貪耍不成妝。些個事，惱人腸。試説與何妨。又恐伊、尋消問息，瘦减容光。

【詞評】

尤侗《蒼梧詞序》：每念李後主『小樓昨夜又東風』，輒欲以泪洗面。及詠周美成『低鬟蟬影動，私語口脂香』，則泪痕猶在，笑靨自開矣。詞之能感人如此。

迎春樂（雙調）攜妓

人人花艷明春柳。憶筵上、偷攜手。趁歌停、舞罷來相就。醒醒個、無些酒。

比目香囊新刺綉。連隔座、一時薰透。爲甚月中歸，長是他、隨車後。

【附録】

陳允平《迎春樂》：依依一樹多情柳。都未識行人手。對青青、共結同心就。更共飲、旗亭酒。

褥上芙蓉鋪軟綉。香不散、彩雲春透。今歲又相逢，是燕子、歸來後。

定風波（商調）

美情

莫倚能歌斂黛眉。此歌能有幾人知。他日相逢花月底。重理。好聲須記得來時。

苦恨城頭更漏永，無情豈解惜分飛。休訴金尊推玉臂。從醉。明朝有酒遣誰持。

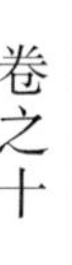

紅羅襖（大石）秋悲

畫燭尋歡去，羸馬載愁歸。念取酒東壚，尊罍雖近，采花南浦，蜂蝶須知。自分袂、天闊鴻稀。空懷夢約心期。楚客憶江蘺。算宋玉、未必爲秋悲。

【附録】

陳允平《紅羅襖》：別來書漸少，家遠夢徒歸。念去燕來鴻，愁隨秋到，舊盟新約，心與天知。楚江上、木落林稀。西風尚隔心期。水闊草離離。更皓月照影自傷悲。

玉樓春（大石）

當時携手城東道。月墮檐牙人睡了。酒邊難使客愁驚，帳底不教春夢到。

别來人事如秋草。應有吴霜侵翠葆。夕陽深鎖緑苔門，一任盧郎愁裏老。

【詞評】

錢鍾書《管錐編》第四册《全後周文》卷十四：庾信有《愁賦》一首，惟見之葉廷珪《海録碎事》卷九《聖賢人事部》下，有『誰知一寸心，乃有萬斛愁』云云十數句，似非全文。……博雅如文廷式，其《純常子枝語》卷四○論周邦彦《玉樓春》，只云：『「庾郎愁」字乃是宋人常語。』

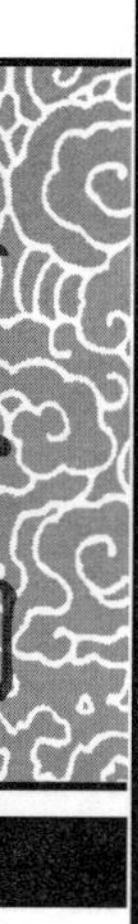

玉樓春（大石　第二）

大堤花艷驚郎目。秀色穠華看不足。休將寶瑟寫幽懷，座上有人能顧曲。

平波落照涵赬[1]玉。畫舸亭亭浮滄淥。臨分何以祝深情，只有別離三萬斛。

【注釋】

①赬，音 chēng，紅色。

玉樓春（大石　第三）

玉奩收起新妝了。鬢畔斜枝紅裊裊。淺顰輕笑百般宜，試著春衫猶更好。裁金簇翠天機巧。不稱野人簪破帽。滿頭聊插片時狂，頓減十年塵土貌。

【詞評】

錢鍾書《管錐編》第三册《全後漢文》卷九十：王粲《神女賦》：『婉約綺媚，舉動多宜』按蘇軾《西湖》稱西施『淡妝濃抹總相宜』，王實甫《西廂記》第一本第一折張生稱鶯鶯：『我見他宜嗔宜喜春風面』，即『多宜』之謂，厥意首發於兹。……後世詞人，都爲籠罩。

玉樓春（大石　第四）

桃溪不作從容住。秋藕絶來無續處。當時相候赤欄橋，今日獨尋黃葉路。

烟中列岫青無數。雁背夕陽紅欲暮。人如風後入江雲，情似雨餘黏地絮。

【詞評】

周濟《宋四家詞選》：祇賦天台事，態濃意遠。

陳廷焯《雲韶集》卷四：只縱筆直寫，情味愈出。

陳廷焯《白雨齋詞話》卷一：美成詞，有似拙實工者，如《玉樓春》結句云：『人如風後入江雲，情似雨餘黏地絮。』上言人不能留，下言情不能已，呆作兩譬，别饒姿態，卻不病其板，不病其纖，此中消息難言。

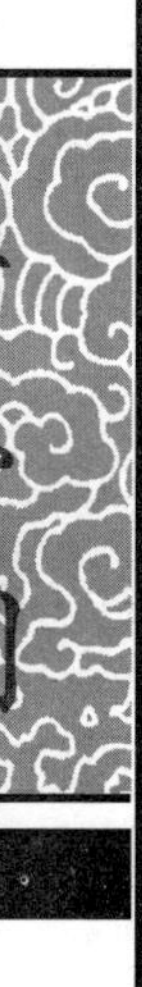

夜飛鵲（道宮）別情

河橋送人處，凉夜何其。斜月遠墮餘輝。銅盤燭淚已流盡，霏霏凉露霑衣。相將散離會，探風前津鼓，樹杪參旗。花驄會意，縱揚鞭、亦自行遲。迢遞路回清野，人語漸無聞，空帶愁歸。何意重紅滿地，遺鈿不見，斜徑都迷。兔葵燕麥，向殘陽、欲與人齊。但徘徊班草，唏嘘酹酒，極望天西。

【詞評】

卓人月《古今詞統》卷十五：今人僞爲欲別不別之狀，以博人歡、避人議者多矣，能使驊騮會意，非真情所潛格乎。

早梅芳（正宫）别恨

花竹深，房櫳好。夜闃無人到。隔窗寒雨，向壁孤燈弄餘照。淚多羅袖重，意密鶯聲小。正魂驚夢怯，門外已知曉。去難留，話未了。早促登長道。風披宿霧，露洗初陽射林表。亂愁迷遠覽，苦語縈懷抱。謾回頭，更堪歸路杳。

早梅芳（正宮　第二）牽情

繚墻深，叢竹繞。宴席臨清沼。微呈纖履，故隱烘簾自嬉笑。粉香妝暈薄，帶緊腰圍小。看鴻驚鳳翥，滿座嘆輕妙。　　酒醒時，會散了。回首城南道。河陰高轉，露脚斜飛夜將曉。異鄉淹歲月，醉眼迷登眺。路迢迢，恨滿千里草。

【附録】

陳允平《早梅芳》：鳳釵横，鸞帶繞。獨步鴛鴦沼。闌干斜倚，自打精神對花笑。貼衣瓊佩冷，襯襪金蓮小。卷香茵縹緲，舞袖稱纖妙。　　夢初成，歡未了。明日青門道。離雲别雨，脉脉無情畫堂曉。柳邊驕馬去，翠閣空凝眺，漸春風、緑愁江上草。

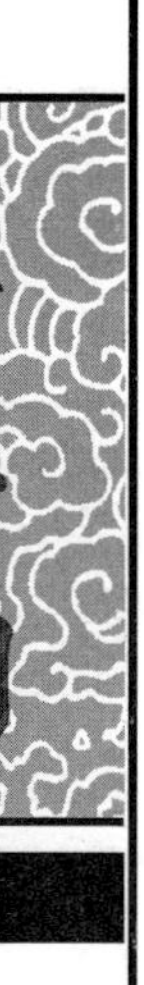

鳳來朝（越調）佳人

逗曉看嬌面。小窗深、弄明未遍。愛殘朱宿粉雲鬟亂。最好是、帳中見。

說夢雙蛾微斂。錦衾温、酒香未斷。待起難捨拚。任日炙、畫欄暖。

【詞評】

俞平伯《清真詞釋》：好一幅曉窗睡美人也。又：《片玉集》中題，編者所加，此篇題作『佳人』，卻尚貼切。佳人好相唯在於姿。《神女賦》曰：『姿態横溢。』又《文賦》曰：『其爲體也多姿。』無他，文如其人耳。『玉艷珠鮮』『柳欹花嚲』者，姿也。

芳草渡（雙調）別恨

昨夜裏，又再宿桃源，醉邀仙侶。聽碧窗風快，珠簾半捲疏雨。多少離恨苦。方留連啼訴。鳳帳曉，又是匆匆，獨自歸去。愁睹。滿懷淚粉，瘦馬衝泥尋去路。謾回首、烟迷望眼，依稀見朱户。似痴似醉，暗惱損、凭闌情緒。澹暮色，看盡栖鴉亂舞。

【詞評】

俞陛雲《宋詞選釋》：前半紀別而已。轉頭以下，別時情味，能宛轉達意，其制勝尤在結末二句。閏庵云：『無此二句，則此詞無可生色矣。』

感皇恩（大石）標韻

露柳好風標，嬌鶯能語。獨占春光最多處。淺顰輕笑，未肯等閑分付。爲誰心子裏，長長苦。洞房見説，雲深無路。憑仗青鸞道情素。酒空歌斷，又被濤江催去。怎奈向、言不盡，愁無數。

虞美人(正宮)

燈前欲去仍留戀。腸斷朱扉遠。未須紅雨洗香腮。待得薔薇花謝、便歸來。

舞腰歌板閑時按。一任傍人看。金爐應見舊殘煤。莫使恩情容易、似寒灰。

【詞評】

俞陛雲《宋詞選釋》:此首紀臨別之語也。既告以春暮歸期,勿彈別淚;又言但毋忘我,不妨歌舞依然,以消閑寂,宛轉寫來,如聽喁喁情話。取譬爐灰,意新而情摯。

虞美人（正宮 第二）

疏籬曲徑田家小。雲樹開清曉。天寒山色有無中。野外一聲鐘起、送孤篷。　添衣策馬尋亭堠。愁抱惟宜酒。菰蒲睡鴨占陂塘。縱被行人驚散、又成雙。

【詞評】

卓人月《古今詞統》卷七：按『山色有無中』，歐公詠平山堂句也。俞陛雲《宋詞選釋》：此首紀客途之浙遠也。偶見野塘雙鴨，觸緒懷人。與『微雨燕雙飛』之詞同感。

虞美人（正宮　第三）

玉觴纔掩朱弦悄。彈指壺天曉。回頭猶認倚墻花。只向小橋南畔、便天涯。　銀蟾依舊當窗滿，顧影魂先斷。凄風休颭半殘燈。擬倩今宵歸夢、到雲屏。

【詞評】

卓人月《古今詞統》卷七：『便』字慘。

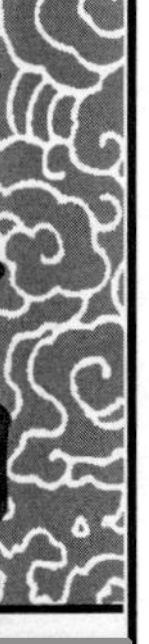

補遺

玉團兒（雙調）

鉛華淡竚新妝束。好風韻、天然異俗。彼此知名，雖然初見，情分先熟。　爐烟淡淡雲屏曲。睡半醒、生香透肉。賴得相逢，若還虛過，生世不足。

玉團兒（雙調）

妍姿艷態腰如束。笑無限、桃粗杏俗。玉體橫陳，雲鬟斜墜，春睡還熟。

夕陽斗轉闌干曲。乍醉起、餘霞襯肉。搦粉搓酥，翦雲裁霧，比并不足。

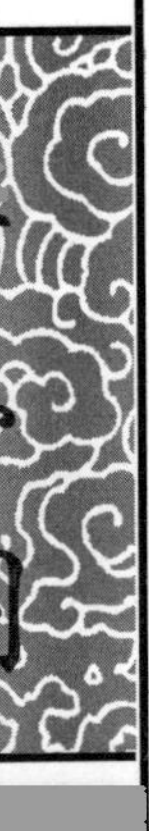

粉蝶兒慢

宿霧藏春，餘寒帶雨，占得群芳開晚。艷□①初弄秀，倚東風嬌懶。隔葉黃鸝傳好音，喚入深叢中探。數枝新，比昨朝、又早紅稀香淺。眷戀。重來倚檻。當韶華、未可輕辜雙眼。賞心隨分樂，有清樽檀板。每歲嬉游能幾日，莫使一聲歌欠。忍因循、片花飛、又成春減。

【注釋】

①疑作『姿』或『陽』。

紅窗迥（仙呂）

幾日來、真個醉。不知道、窗外亂紅，已深半指。花影被、風搖碎。擁春醒乍起。　有個人人，生得濟楚，來向耳畔，問道今朝醒未。情性兒、慢騰騰地。惱得人又醉。

念奴嬌（大石）

醉魂乍醒，聽一聲啼鳥，幽齋岑寂。淡日朦朧初破曉，滿眼嬌晴天色。最惜香梅，凌寒偷綻，漏泄春消息。池塘芳草，又還淑景催逼。因念舊日芳菲，桃花永巷，恰似初相識。荏苒時光，因慣卻、覓雨尋雲踪迹。奈有離拆，瑶臺月下，回首頻思憶。重愁疊恨，萬般都在胸臆。

【詞評】

蔣禮鴻《大鶴山人校本〈清真詞〉箋記》：『（淡日朦朧初破曉，滿眼嬌情天色』）按：『嬌情天色』，不詞，『情』當作『晴』。『嬌晴』，猶嫩晴也。

燕歸梁（高平）詠曉

簾底新霜一夜濃。短燭散飛蟲。曾經洛浦見驚鴻。關山隔、夢魂通。明星晃晃，津回路轉，榆影步花驄。欲攀雲駕倩西風。吹清血、寄玲瓏。

南浦（中吕）

淺帶一帆風，向晚來、扁舟穩下南浦。迢遞阻瀟湘，衡皋迥，斜艤蕙蘭汀渚。危檣影裏，斷雲點點遥天暮。菡萏裏，風偷送清香，時時微度。吾家舊有簪纓，甚頓作天涯，經歲羈旅。羌管怎知情，烟波上，黄昏萬斛愁緒。無言對月，皓彩千里人何處。恨無鳳翼身，只待而今，飛將歸去。

醉落魄

茸金細弱。秋風嫩、桂花初著。蕊珠宮裏人難學。花染嬌黄，羞映翠雲幄。清香不與蘭蓀約。一枝雲鬟巧梳掠。夜凉輕撼薔薇萼。香滿衣襟，月在鳳皇閣。

留客住

嗟烏兔。正茫茫、相催無定，只恁東生西没，半均寒暑。昨見花紅柳緑，處處林茂。又睹霜前籬畔，菊散餘香，看看又還秋暮。忍思慮，念古往賢愚，終歸何處。争似高堂，日夜笙歌齊舉。選甚連宵徹晝，再三留住。待擬沈醉扶上馬，怎生向、主人未肯教去。

長相思慢（高調）

夜色澄明。天街如水，風力微泠簾旌。幽期再偶，坐久相看，纔喜欲嘆還驚。醉眼重醒。映雕闌修竹，共數流螢。細語輕盈①。儘銀臺、挂蠟潛聽。自初識伊來，便惜妖嬈艷質，美眄柔情。桃溪換世，鸞馭凌空，有願須成。游絲蕩絮，任輕狂、相逐牽縈。但連環不解，流水長東，難負深盟。

【注釋】

①輕盈，一作『輕輕』。

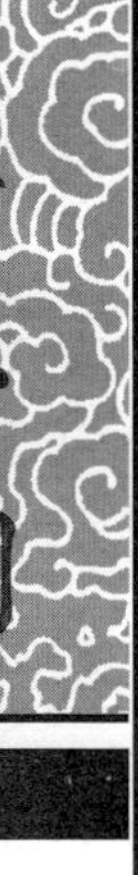

看花迴（越調）詠眼

秀色芳容明眸，就中奇絶。細看艷波欲溜，最可惜微薰，紅綃輕帖。匀朱傅粉，幾爲嚴妝時涴①睫。因個甚、底死嗔人，半餉斜眄費貼燮。斗帳裏、濃歡意愜。帶困時、似開微合。曾倚高樓望遠，自笑指頻瞤，知他誰説。那日分飛，泪雨縱横光映頰。揾香羅，恐揉損，與他衫袖裛②。

【注釋】

①涴，音 wò，污染、玷污之意。

②裛，音 yì，通『浥』，沾濕、香氣侵襲之意。

看花迴（越調　第二）

蕙風初散輕暖，霽景澄潔。秀蕊乍開乍斂，帶雨態烟痕，春思紆結。危弦弄響，來去驚人鶯語滑。無賴處，麗日樓臺，亂絲歧路總奇絶。何計解、黏花繫月。嘆冷落、頓辜佳節。猶有當時氣味，挂一縷相思，不斷如髮。雲飛帝國，人在雲邊心暗折。語東風，共流轉，謾作匆匆别。

【詞評】

卓人月《古今詞統》卷十三：『挂』一句，『思』之爲言『絲』也。

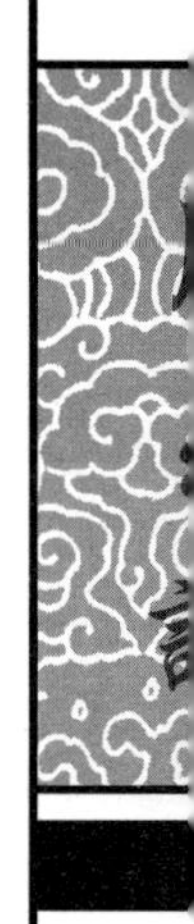

月下笛（越調）

小雨收塵，凉蟾瑩徹，水光浮璧。誰知怨抑。静倚官橋吹笛。映宫墻、風葉亂飛，品高調側人未識。想開元舊譜，柯亭遺韻，盡傳胸臆。

闌干四繞，聽折柳徘徊，數聲終拍。寒燈陋館，最感平陽孤客。夜沈沈、雁啼甚哀，片雲盡捲清漏滴。黯凝魂，但覺龍吟萬壑天籟息。

【詞評】

俞陛雲《宋詞選釋》：上闋賦笛，其辭高以潔；下闋賦聞笛，其思深而悲，結句有繞梁三日意，吹笛者當是能手。周郎亦善顧曲者，得此佳詞，不數趙倚樓矣。美成集傳世者，以汲古毛氏《片玉詞》爲最著。

無悶 冬

雲作重陰，風逗細寒，小溪冰凍初結。更聽得、悲鳴雁度空闊。莫雀喧喧聚竹，聽竹上清響風敲雪。洞户悄，時見香消翠樓，獸煤紅爇。凄切。念舊歡聚，舊約至此，方惜輕別。又還是、離亭楚梅堪折。暗想鶯時似夢，夢裏又卻是，似鶯時節，要無悶，除是擁爐對酒，共譚風月。

琴調相思引

生碧香羅粉蘭香。冷綃緘泪倩誰將。故人何在，烟水隔瀟湘。

花落燕□①春欲老，絮吹思浪日偏長。一些兒事，何處不思量。

【注釋】

①此處原闕。以下數首多爲補遺，故闕字較多。

青房并蒂蓮 維揚懷古

醉凝眸。正楚天秋晚，遠岸雲收。草綠蓮紅，□映小汀洲。芰荷香裏鴛鴦浦，恨菱歌、驚起眠鷗。望去帆、一派湖光，棹聲咿啞櫓聲柔。

愁窺汴堤細柳，曾舞送鶯時，錦纜龍舟。擁傾國纖腰皓齒，笑倚迷樓。空令五湖夜月，也羞照三十六宮秋。正浪吟、不覺回橈，水花風葉兩悠悠。

滿庭芳 憶錢唐

山崦籠春，江城吹雨，暮天烟澹雲昏。酒旗漁市，冷落杏花村。蘇小當年秀骨，縈蔓草、空想羅裙。潮聲起，高樓噴笛，五兩了無聞。

凄凉，懷故國，朝鐘暮鼓，十載紅塵。似夢魂迢遞，長到吳門。聞道花開陌上，歌舊曲、愁殺王孫。何時見、名娃喚酒，同倒瓮頭春。

滿庭芳

花撲鞭梢，風吹衫袖，馬蹄初趁輕裝。都城漸遠，芳樹隱斜陽。未慣羈游況味，征鞍上、滿目凄凉。今宵裏，三更皓月，愁斷九回腸。　佳人，何處去，别時無計，同引離觴。但唯有相思，兩處難忘。去即十分去也，如何向、千種思量。凝眸處，黄昏畫角，天遠路岐長。

滿庭芳

白玉樓高，廣寒宮闕，暮雲如幛褰開。銀河一派，流出碧天來。無數星躔玉李，冰輪動、光滿樓臺。登臨處，全勝瀛海，弱水浸蓬萊。　雲鬟，香霧濕，月娥韻壓，雲凍江梅。況餐花飲露，莫惜裴回。坐看人間如掌，山河影、倒入瓊杯。歸來晚，笛聲吹徹，九萬里塵埃。

【詞評】

吴世昌《詞林新話》：清真《鎖陽臺》之一下片『歌舊曲，愁殺五孫』，應作『平平仄、平仄平仄』，或『仄平仄，平仄平平』。其下二首同位句云：『如何向、千種思量』，『山河影，倒入瓊杯』。前三字均爲『平平仄』。

青玉案

良夜燈光簇如豆。占好事、今宵有。酒罷歌闌人散後。琵琶輕放，語聲低顫，滅燭來相就。

玉體偎人情何厚。輕惜輕憐轉唧嚠。雨散雲收眉兒皺。只愁彰露，那人知後。把我來僝僽。

【詞評】

龍榆生《清真詞叙論》：邦彦年少風流，又居汴梁聲歌繁盛之地，閑游坊曲，自在意中，集中側艷之詞，時有存者。……此類作品，或亦有如雅言之悔其『無賴太甚』，稍自芟除。今所傳清真詞，要多淳雅之作耳。

一剪梅

一剪梅花萬樣嬌。斜插梅枝，略點眉梢。輕盈微笑舞低回，何事樽前拍誤招①。夜漸寒深酒漸消。袖裏時聞玉釧敲。城頭誰恁促殘更，銀漏何如，且慢明朝。

【注釋】

①『拍誤招』，别本亦作『拍手相招』，或『樓外相招』。

鵲橋仙令（歇拍）

浮花浪蕊，人間無數，開遍朱朱白白。瑶池一朵玉芙蓉，秋露洗、丹砂真色。晚凉拜月，六銖衣動，應被姮娥認得。翩然欲上廣寒宫，横玉度、一聲天碧。

花心動（雙調）

簾捲青樓，東風暖，楊花亂飄晴晝。蘭袂褪香，羅帳褰紅，綉枕旋移相就。海棠花謝春融暖，偎人恁、嬌波頻溜。象床穩，鴛衾謾展，浪翻紅縐。　一

夜情濃似酒。香汗漬鮫綃，幾番微透。鸞困鳳慵，婭姹雙眉，畫也畫應難就。問伊可煞於人厚。梅萼露、胭脂檀口。從此後、纖腰爲郎管瘦。

雙頭蓮（雙調）

一抹殘霞，幾行新雁，天染雲斷，紅迷陣影[①]，隱約望中，點破晚空澄碧。助秋色。門掩西風，橋横斜照，青翼未來，濃塵自起，咫尺鳳幃，合有人相識。

嘆乖隔。知甚時恣與，同携歡適。度曲傳觴，并韉飛轡，綺陌畫堂連夕。樓頭千里，帳底三更，盡堪泪滴。怎生向，總無聊，但只聽消息。

【注釋】

①『天染雲斷，紅迷陣影』，别本亦作『天染斷紅，雲迷陣彩』。

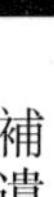

大有（小石）

仙骨清羸，沈腰憔悴，見傍人、驚怪消瘦。柳無言，雙眉盡日齊鬥。都緣薄倖賦情淺，許多時、不成歡偶。幸自也，總由他，何須負這心口。令人恨、行坐呪。斷了更思量，没心永守。前日相逢，又早見伊仍舊。卻更被温存後。都忘了、當時僝僽。便掐撮、九百身心，依前待有。

醜奴兒

南枝度臘開全少，疏影當軒。一種宜寒。自共清蟾別有緣。　江南風味依然在，玉貌韶顏。今夜凭欄。不似釵頭子細看。

醜奴兒（第二）

香梅開後風傳信，綉户先知。霧濕羅衣。冷艷須攀最遠枝。　高歌羌管吹遥夜，看即分披。已恨來遲。不見娉婷帶雪時。

蝶戀花

美盼低迷情宛轉。愛雨憐雲，漸覺寬金釧。桃李香苞秋不展。深心黯黯誰能見。

宋玉墻高纔一覘。絮亂絲繁，苦隔春風面。歌板未終風色變。夢爲蝴蝶留芳甸。

蝶戀花（第二）

晚步芳塘新霽後。春意潛來，迤邐通窗牖。午睡漸多濃似酒。韶華已入東君手。　嫩緑輕黄成染透。燭下工夫，泄漏章臺秀。擬插芳條須滿首。管交風味還勝舊。

蝶戀花（第三）

葉底尋花春欲暮。折遍柔枝，滿手真珠露。不見舊人空舊處。對花惹起愁無數。　卻倚欄干吹柳絮。粉蝶多情，飛上釵頭住。若遣郎身如蝶羽。芳時争肯抛人去。

蝶戀花（第四）

酒熟微紅生眼尾。半額龍香，冉冉飄衣袂。雲壓寶釵撩不起。黄金心字雙垂耳。愁入眉痕添秀美。無限柔情，分付西流水。忽被驚風吹別泪。只應天也知人意。

减字木蘭花

風鬟霧鬢。便覺蓬萊三島近。水秀山明。縹緲仙姿畫不成。

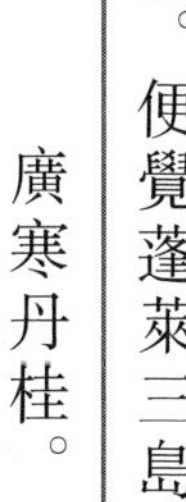

廣寒丹桂。豈是夭桃塵俗世。只恐乘風。飛上瓊樓玉宇中。

木蘭花令

歌時宛轉饒風措，鶯語清圓啼玉樹。斷腸歸去月三更，薄酒醒來愁萬緒。

孤燈翳翳昏如霧。枕上依稀聞笑語。惡嫌春夢不分明，忘了與伊相見處。

【詞評】

陳洵《抄本海綃説詞》：『薄酒』七字，是全闋點睛。『歌時』三句，從醒後逆溯。下闋，句句是愁。

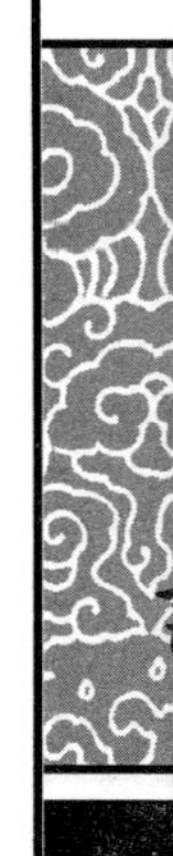

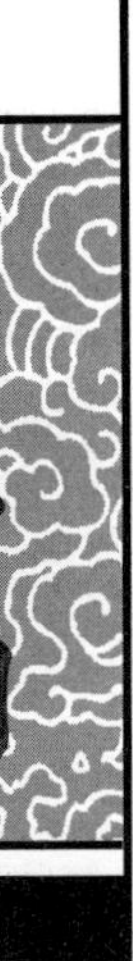

驀山溪

樓前疏柳，柳外無窮路。翠色四天垂，數峰青、高城闊處。江湖病眼，偏向此山明，愁無語。空凝竚。兩兩昏鴉去。　平康巷陌，往事如花雨。十載卻歸來，倦追尋、酒旗戲鼓。今宵幸有，人似月嬋娟，霞袖舉。杯深注。一曲黃金縷。

【詞評】

俞陛雲《宋詞選釋》：下闋之敘事，不及上闋之寓情於景，江山城闕，極目飛鵲，托思在雲天蒼莽處。劉肅序《清真集》曰：『辭不輕措，辭之工也。閱辭必詳其所措。』此詞擅勝在上闋，即其措意處，閱詞者可以類推。

驀山溪（第二）

江天雪意，夜色寒成陣。翠袖捧金蕉，酒紅潮、香凝沁粉。簾波不動，新月淡籠明，香破豆，燭頻花，減字歌聲穩。　恨眉羞斂，往事休重問。人去小庭空，有梅梢、一枝春信。檀心未展，誰爲探芳叢，消瘦盡，洗妝勻，應更添風韻。

【詞評】

陳洵《抄本海綃説詞》：『恨眉羞斂』，結上闋所謂往事也。『人去』五字，轉出今情；卻從梅寫，氣味釀厚。

南柯子

寶合分時菓，金盤弄賜冰。曉來階下按新聲。恰有一方明月、可中庭。　露下天如水，風來夜氣清。嬌羞不肯傍人行。颺下扇兒拍手、引流螢。

南柯子（第二）

膩頸凝酥白，輕衫淡粉紅。碧油涼氣透簾櫳。指點庭花低映、雲母屏風。　恨逐瑶琴寫，書勞玉指封。等閑贏得瘦儀容。何事不教雲雨、略下巫峰。

南柯子（第三）詠梳兒

桂魄分餘暈，檀槽破紫心。曉妝初試鬢雲侵。每補蘭膏香染，色深沉。　指印纖纖粉，釵横隱隱金。有時雲雨鳳幃深。長是枕前不見，殢人尋。

關河令

秋陰時晴向暝①。變一庭凄冷。竚聽寒聲，雲深無雁影。　更深人去寂静。但照壁、孤燈相映。酒已都醒，如何宵夜永。

【注釋】

①『晴向暝』，別本亦作『作漸向暝』。

長相思 曉行

舉離觴。掩洞房。箭水泠泠刻漏長。愁中看曉光。

整羅裳，脂粉香。見掃門前車上霜。相持泣路傍。

長相思 閨怨

馬如飛。歸未歸。誰在河橋見別離。修楊委地垂。　掩面啼，人怎知。桃李成陰鶯哺兒。閑行春盡時。

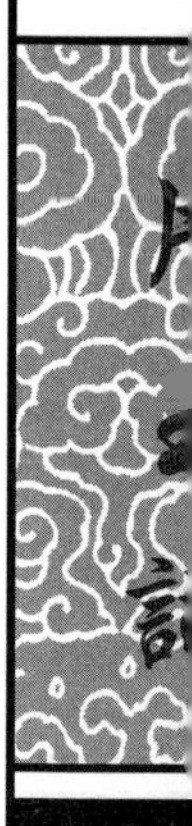

長相思 舟中作

好風浮。晚雨收。林葉陰陰映鷁舟。斜陽明倚樓。

黯凝眸，憶舊游。艇子扁舟來莫愁。石城風浪秋。

長相思

沙棠舟。小棹游。池水澄澄人影浮。錦鱗遲上鈎。　烟雲愁，簫鼓休。再得來時已變秋。欲歸須少留。

萬里春

千紅萬翠。簇定清明天氣。爲憐他、種種清香，好難爲不醉。

我愛深如你。我心在、個人心裏。便相看、老卻春風，莫無些歡意。

鶴沖天 溧水長壽鄉作

梅雨霽，暑風和。高柳亂蟬多。小園臺榭遠池波。魚戲動新荷。　薄紗厨，輕羽扇。枕冷簟涼深院。此時情緒此時天。無事小神仙。

鶴沖天

白角簟，碧紗厨①。梅雨乍晴初。謝家池畔正清虚。香散嫩芙蕖。　日流金，風解愠。一弄素琴歌舞。慢摇紈扇訴花箋。吟待晚涼天。

【注釋】

①『厨』，亦作『橱』。

西河

長安道，瀟灑西風時起。塵埃車馬晚游行，霸陵烟水。亂鴉栖鳥夕陽中，參差霜樹相倚。

到此際。愁如葦。冷落關河千里。追思唐漢昔繁華，斷碑殘記。未央宮闕已成灰，終南依舊濃翠。

對此景、無限愁思。繞天涯、秋蟾如水。轉使客情如醉。想當時、萬古雄名，盡作往來人、凄凉事。

瑞鶴仙

暖烟籠細柳。弄萬縷千絲，年年春色。晴風蕩無際，濃於酒、偏醉情人調客。闌干倚處，度花香、微散酒力。對重門半掩，黄昏淡月，院宇深寂。

愁極。因思前事，洞房佳宴，正值寒食。尋芳遍賞，金谷里，銅駝陌。到而今、魚雁沈沈無信，天涯常是淚滴。早歸來，雲館深處，那人正憶。

浪淘沙慢

萬葉戰，秋聲露結，雁度砂磧。細草和烟尚綠，遥山向晚更碧。見隱隱、雲邊新月白。映落照、簾幕千家，聽數聲何處倚樓笛。裝點盡秋色。脉脉。旅情暗自消釋。念珠玉、臨水猶悲感，何況天涯客。憶少年歌酒，當時蹤迹。歲華易老，衣帶寬、懊惱心腸終窄。飛散後、風流人阻，藍橋約、悵恨路隔。馬蹄過、猶嘶舊巷陌。嘆往事、一一堪傷，曠望極。凝思又把闌干拍。

【詞評】

吴世昌《詞林新話》：清真此句，實受柳永《戚氏》之暗示，柳詞云：『當時宋玉悲感，對此臨水與登山。』

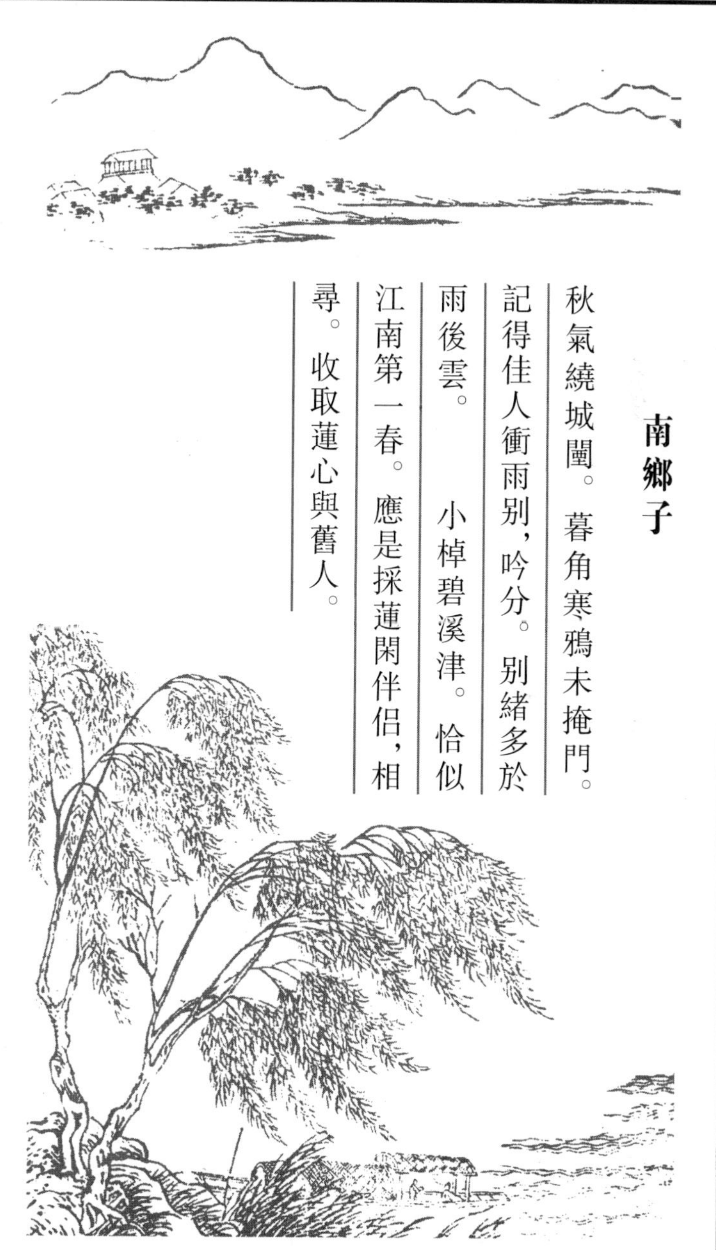

南鄉子

秋氣繞城闉。暮角寒鴉未掩門。記得佳人衝雨別，吟分。別緒多於雨後雲。　小棹碧溪津。恰似江南第一春。應是採蓮閑伴侶，相尋。收取蓮心與舊人。

南鄉子（第二）

寒夜夢初醒。行盡江南萬里程。早是愁來無會處，時聽。敗葉相傳細雨聲。書信也無憑。萬事由他別後情。誰信歸來須及早，長亭。短帽輕衫走馬迎。

南鄉子（第三）詠秋夜

户外井桐飄。淡月疏星共寂寥。恐怕霜寒初索被，中宵。已覺秋聲引雁高。羅帶束纖腰。自翦燈花試彩毫。收起一封江北信，明朝。爲問江頭早晚潮。

南鄉子（第四）撥燕巢

輕軟舞時腰。初學吹笙苦未調。誰遣有情知事早，相撩。暗舉羅巾遠見招。痴騃一團嬌。自折長條撥燕巢。不道有人潛看著，從教。掉下鬟心與鳳翹。

浣溪沙慢

水竹舊院落，櫻笋新蔬果。嫩英翠幄，紅杏交榴火。心事暗卜，葉底尋雙朵，深夜歸青鎖。燈盡酒醒時，曉窗明、釵横鬢嚲。怎生那。被間阻時多。奈愁腸數疊，幽恨萬端，好夢還驚破。可怪近來，傳語也無個。莫是嗔人呵。真個若嗔人，卻因何、逢人問我。

夜游宫

一陣斜風橫雨。薄衣潤、新添金縷。不謝鉛華更清素。倚筠窗，弄么弦，嬌欲語。

小閣橫香霧。正年少、小娥愁緒。莫是栽花被花妒。甚春來，病懨懨，無會處。

訴衷情

當時選舞萬人長。玉帶小排方。喧傳京國聲價，年少最無量。花閣迥，酒筵香。想難忘。而今何事，佯向人前，不認周郎。

【詞評】

王國維《庚辛之間讀書記·片玉詞》：曩讀周清真《片玉詞》《訴衷情》一闋（《片玉集》《清真集》均不載）曰：『當時選舞萬人長。玉帶小排方。喧傳京國聲價，年少最無量。』

虞美人

淡雲籠月鬆溪路。長記分携處。夢魂連夜繞松溪。此夜相逢恰似、夢中時。

海山陡覺風光好。莫惜金尊倒。柳花吹雪燕飛忙。生怕扁舟歸去、斷人腸。

【詞評】

俞陛雲《宋詞選釋》：此首紀别後之出游也。偶舊地之重過，便懷分袂；喜清游之暫慰，翻恐獨歸。此與《蝶戀花》詞皆録别纏綿作。但彼則於一首中次第寫之，此則分六首次第寫之，情之所鍾，正在君輩。

附録

序跋

樓鑰《攻媿集》卷五十一《清真先生文集序》：公諱邦彦，字美成，清真其自號，歷官詳見志銘云。制使待制陳公政事之餘，既刊曾祖賢良都官家集，又以清真之文並傳，以慰邦人之思。君子謂是舉也，加於人數等，類非文吏之所能爲也。

劉肅《周邦彦詞注序》：無張華之博，則孰知五色之珍，乏雷煥之識，則孰辨沖斗之靈，況措辭之工，豈有不待於閱者之箋識耶？周美成以旁搜遠紹之才，寄情長短句，縝密典麗，流風可仰，其徵詞引類，推古誇今，或借字用意，言言皆有來歷，真足冠冕詞林。歡筵歌席，率知崇愛，知其故實者，

幾何人斯。殆猶屬目於霧中花、雲中月，雖意其美，而皎然識其所以美則未也。章江陳少章，家世以學問文章爲廬陵望族，涵泳經籍之暇，閲其詞，病舊注之簡略，遂詳而疏之，俾歌之者究其事、達其辭，則美成之美益彰，猶獲昆山之片珍，琢其質而彰其文，豈不快夫人之心目也。因命之曰《片玉集》云。

毛晉《片玉詞跋》：美成於徽宗時提舉大晟樂府，故其詞盛傳於世。余家藏凡三本，一名《清真集》，一名《美成長短句》，皆不滿百闋。最後得宋刻《片玉集》二卷，計調百八十有奇，晉陽强煥爲敘。余見評注龐雜，一一削去，釐其訛謬。間有兹集不載，錯見清真諸本者，附補遺一卷，美成庶無遺憾云。若乃諸名家之甲乙，久著人間，無待予備述也。湖南毛晉識。

《四庫全書總目提要》卷一九八：《片玉詞》二卷、《補遺》一卷，宋周邦彦撰。邦彦字美成，錢塘人。元豐中獻《汴都賦》，召爲太樂正。徽宗朝仕至徽猷閣待制，出知順昌府，徙處州卒。自號清真居士。《宋史·文苑傳》稱邦彦『疏雋少檢，不爲州里推重。好音樂，能自度曲，製樂府長短句，詞韻清蔚』。《藝文志》載《清真居士集》十一卷。蓋其詩文全集久已散佚，其附載詩餘與否，不可復考。陳振孫《書録解題》載其詞有《清真集》二卷，後集一卷。此編名曰《片玉》，據毛晉跋，稱爲宋時刊本所題，原作二卷，其補遺一卷。則晉採各選本成之。疑舊本二卷即所謂《清真集》，晉所掇拾，乃其後集所載也。卷首有强煥序，與《書録解題》所傳合。其詞多用唐人詩句，隱括入調，渾然天成。長篇尤富豔精工，善於鋪叙。陳郁

《藏一話腴》謂其以樂府獨步，貴人、學士、市儈、妓女，皆知其詞爲可愛，非溢美也。又邦彥本通音律，下字用韻，皆有法度。故方千里和詞，一一案譜填腔，不敢稍失尺寸。今以兩集互校，如《隔浦蓮近》『拍金丸驚落飛鳥』句，毛本注云『案譜，此處宜三字二句。』然千里詞作『夷猶終日魚鳥』，則周詞本是『金丸驚落飛鳥』，非三字二句。又《荔枝香近》『兩兩相依燕新乳』句，止七字。千里詞作『深澗，斗瀉飛泉洒甘乳』句，凡九字。觀柳永、吳文英二集，此調亦俱作九字句，不得謂千里爲誤。則此句尚脫二字。又《玲瓏四犯》『細念想夢魂飛亂』句七字，毛本因舊譜誤脫『細』字，遂注曰：『案譜，宜是六言。』不知千里詞正作『顧鬟影翠雲零亂』七字，則此句『細』字非衍文。又《西平樂》『爭知向此征途，區區佇立塵沙』二句，

共十二字。千里和云：『流年迅景，霜風敗葦驚沙』，止十字，則此句實誤衍二字。至於《蘭陵王》尾句『似夢裏淚暗滴』，六仄字成句。觀史達祖此調，此句作『欲下處似認得』，亦止用六仄字，可以互證。毛本乃於夢字下增一『魂』字，作七字句，尤爲舛誤。今並釐正之。據《書錄解題》，有曹杓，字季中，號一壺居士者，曾注《清真詞》二卷，今其書不傳。

阮元《揅經室外集·四庫未收書提要》：《詳注周美成片玉集》十卷。宋周邦彦所撰。《片玉詞》二卷，《四庫全書》已著錄。此宋陳元龍注釋本。元龍字少章，廬陵人。是書分春、夏、秋、冬四景，及單題、雜賦諸體爲十卷。元龍以美成詞借字用意，言言俱有來歷，乃廣爲考證，詳加箋注焉。

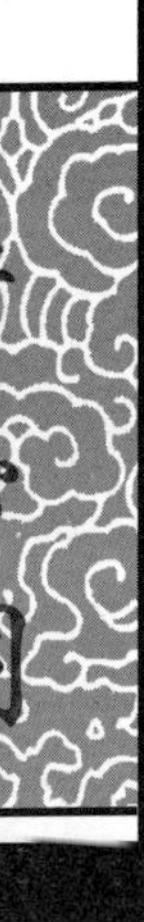

集評

王灼《碧雞漫志》卷二：賀方回、周美成、晏叔原、僧仲殊各盡其才力，自成一家。賀、周語意精新，用心甚苦。

又：前輩云：『《離騷》寂寞千載後，《戚氏》淒涼一曲終。』《戚氏》，柳（永）所作也，柳何敢知世間有《離騷》，惟賀方回、周美成時時得之。賀《六州歌頭》《望湘人》《吳音子》諸曲，最奇崛。周《大酺》《兰陵王》諸曲，或謂深勁乏韻，此遭柳氏野狐涎吐不出者也。

又：江南某氏者，解音律，時時度曲，周美成與有瓜葛，每得一解，即爲制詞，故周集中多新聲。賀方回初在錢唐，作《青玉案》，魯直喜之，賦絕句云：『解道江南斷腸句，只今惟有賀方回。』賀集中如《青玉案》者甚

衆。大抵二公卓然自立，不肯浪下筆，故予謂：『語意精新，用心甚苦。』

樓鑰《攻媿集》卷五十一《清真先生文集序》：公之殁，距今八十餘載，世之能誦公賦（指《汴都賦》）者蓋寡，而樂府之詞，盛行於世，莫知公爲何等人也。

又：樂府傳播，風流自命，又性好音律，如古之妙解，顧曲名堂，不能自已。

潛説友《咸淳臨安志》卷六十六《人物傳》：邦彦能文章，妙解音律，名其堂曰『顧曲』，樂府盛行於世。人謂之落魄不羈，其提舉大晟，亦由此。然其文，識者謂有工力深到處。

陳振孫《直齋書録解題》卷二十一『歌詞類』：多用唐人詩句隱括入

律，渾然天成，長調尤善鋪敘，富豔精工，詞人之甲乙也。

強焕《片玉詞序》：一觴一詠，句中有眼，膾炙人口者，又有餘聲洋洋乎在耳。……公之詞，其撫寫物態，曲盡其妙。

劉肅《片玉集序》：周美成以旁搜遠紹之才，寄情長短句，縝密流麗，流風可仰。其徵辭引類，推古誇今，或借字用意，言言皆有來歷，真足冠冕詞林。歡筵歌席，率知崇愛。

尹焕《夢窗詞序》：求詞於吾宋者，前有清真，後有夢窗。此非焕之言，四海之公言也。（宋黄昇《中興以來絕妙詞選》引）

張炎《詞源》：古之樂章、樂府、樂歌、樂曲，皆出於雅正。粤自隋唐以來，聲詩間爲長短句，至唐人則有《尊前》《花間集》。迄於崇寧，立大

晟府，命周美成諸人討論古音，審定古調，淪落之後，少得存者，由是八十四調之聲稍傳。而美成諸人又復增演慢曲、引、近，或移宫换羽爲三犯、四犯之曲，按月律爲之，其曲遂繁。美成負一代詞名，所作之詞，渾厚和雅，善於融化詩句，而於音譜且間有未諧，可見其難矣。作者多效其體制，失之軟媚而無所取。此惟美成爲然，不能學也。

又：美成詞，只當看他渾成處，於軟媚中有氣魄，採唐詩融化如自己者，乃其所長。惜乎意趣卻不高遠。所以出奇之語，以白石騷雅句法潤色之，真天機雲錦也。

沈義父《樂府指迷》：凡作詞當以清真爲主。蓋清真最爲知音，且無一點市井氣，下字運意，皆有法度，往往自唐宋諸賢詩句中來，而不用經史中生硬字面，此所以爲冠絶也。學者看詞，當以《周詞集解》爲冠。

趙文《青山集》卷二《吴山房樂府序》：觀歐晏詞，知是慶曆、嘉祐間人語，觀周美成詞，其爲宣和、靖康也無疑矣。聲音之爲世道邪，世道之爲聲音邪，有不自知其然而然者矣，悲夫。美成號知音律者，宣和之爲靖康也，美成其知之乎。

程鉅夫《雪樓集》卷二十五《題晴川樂府》：蘇詞如詩，秦詩如詞，此蓋意習所遺，自不覺耳。要之情吾情、味吾味，雖不必同人，亦不必強人之同。然一往無留如戴晉人之吷，則亦安在其爲寫中腸也哉。余於近世諸家，惟清真犁然當於心。

劉體仁《七頌堂詞繹》：周美成不止能作情語，其體雅正，無旁見側出之妙。

沈謙《填詞雜説》：學周、柳不得見其用情處，學蘇、辛不得見其用氣處，當以離爲合。

徐喈鳳《蔭綠軒詞證》：弇州謂美成能作景語，不能作情語，愚謂詞中情景，不可太分。深於言情者，正在善於寫景。

嚴沆《古今詞選序》：論詞於北宋，自當以美成爲最醇。南渡以後，幼安負青兕之力，一意奔放，用事不休，改之、潛夫、經國尤而效之，無復詞人之旨，由是堯章、邦卿，別裁風格，極其爽逸芊豔，宗瑞、賓王、幾叔、勝欲、碧山、叔夏繼之，要其原皆自美成出。

賀裳《皺水軒詞筌》：長調推秦、柳、周、康爲協律。然康惟《滿庭芳·

冬景》一詞，可稱禁臠，餘多應酬鋪敘，非芳旨也。周清真雖未高出，大致匀浄，有柳敧花嚲之致，沁人肌骨處，視淮海不徒娣姒而已。弇州謂其能入麗字，不能入雅字，信然。謂其能作景語，不能作情語，則不盡然，但生平景勝處爲多耳。

厲鶚《樊榭山房集》卷四《吴尺鳧玲瓏簾詞序》：南宋詞派，推吾鄉周清真，婉約隱秀，律呂諧協，爲倚聲家所宗。自是里中之賢，若俞青松、翁王峰、張寄閑、胡葦航、范藥莊、曹梅南、張玉田、仇山村諸人，皆分鑣競爽，爲時所稱。元時嗣響，則張貞居、凌柘軒，明瞿存齋，稍爲近雅，馬鶴商闌入俗調，一如市伶語，而清真之派則微矣。

周濟《介存齋論詞雜著》：美成思力獨絶千古，如顔平原書，雖未臻

兩晉，而唐初之法至此大備，後有作者，莫能出其範圍矣。

又：少游意在含蓄，如花初胎，故少重筆。然清真沉痛至極，仍能含蓄。

又：清真之詞，其意淡遠，其氣渾厚，其音節又復清妍和雅，最爲詞家之正宗。

陳廷焯《白雨齋詞話》卷一：詞至美成，乃有大宗。前收蘇、秦之終，後開姜、史之始。自有詞人以來，不得不推爲巨擘。後之爲詞者，亦難出其範圍。然其妙處，亦不外沈鬱頓挫。頓挫則有姿態，沈鬱則極深厚。既有姿態，又極深厚，詞中三昧，亦盡於此矣。

況周頤《蕙風詞話》：宋詞深致能入骨，如清真、夢窗是也。

朱孝臧評《清真詞》：兩宋詞人，約可分爲疏、密兩派，清真介在疏、密之間，與東坡、夢窗，分鼎三足。（唐圭璋《宋詞三百首箋注》引）

王國維批《詞辨》：予於詞，五代喜李後主、馮正中，而不喜花間；宋喜同叔、永叔、子瞻、少游，而不喜美成；南宋只愛稼軒一人，而最惡夢窗、玉田。介存《詞辨》所選，頗不當人意。

王國維《人間詞話》：詩人對宇宙人生，須入乎其內，又須出乎其外。入乎其內，故能寫之；出乎其外，故能觀之。入乎其內，故有生氣；出乎其外，故有高致。美成能入而能出，白石以降，於此二事皆未夢見。

又：詞之最工者，實推後主、正中、永叔、少游、美成，而此後南宋諸公不與焉。

繆鉞《詩詞散論》：在宋詞流變中，有開拓之功臣者數人，曰柳永、蘇軾、周邦彦、辛棄疾、姜夔。北宋詞渾雅，南宋詞精能。由渾雅變精能，周邦彦是一大關鍵。